계절의 모노클

계절의 모노클

ISBN 979-11-89433-63-5 (04800)
ISBN 979-11-960149-5-7 (세트)

초판 1쇄 발행 2022년 12월 9일

지은이 사가와 치카
옮긴이 정수윤
편집 이해임·김보미·정여름
디자인 김마리
제작 영신사

©정수윤·인다, 2022

펴낸곳 인다
등록 제300-2015-43호. 2015년 3월 11일
주소 (04035) 서울시 마포구 양화로11길 64, 401호
전화 02-6494-2001 **팩스** 0303-3442-0305
홈페이지 itta.co.kr **이메일** itta@itta.co.kr

책값은 뒤표지에 있습니다.
잘못된 책은 구입하신 서점에서 바꿔 드립니다.

계절의 모노클

사가와 치카 지음
정수윤 옮김

읻다

일러두기

- 사가와 치카가 생전에 여러 지면에 발표한 시 58편을 가려 뽑았다. 작품의 순서는 역자의 판단에 따랐고, 여는 시와 닫는 시로는 각각 생애 첫 시와 마지막 시를 배치했다.
- 원문은 《左川ちか資料集成》(東都我刊我書房, 2017)와 《左川ちか全集》(書肆侃侃房, 2022)를 참고했다.
- 맞춤법과 외래어 표기는 국립국어원 규정을 따랐다.

I

青い馬

　馬は山をかけ下りて発狂した。その日から彼女は青い食物をたべる。夏は女達の目や袖を青く染めると街の広場で楽しく廻転する。

　テラスの客等はあんなにシガレツトを吸ふのでブリキのやうな空は貴婦人の頭髪の輪を落書きしてゐる。悲しい記憶は手巾のやうに捨てようと思ふ。恋と悔恨とエナメルの靴を忘れることが出来たら！

　私は二階から飛び降りずに済んだのだ。

　海が天にあがる。

푸른 말

　말은 산을 달려 내려와 발광했다. 그날부터 그녀는 푸른 음식을 먹는다. 여름은 여자들의 눈과 소매를 푸르게 물들이고 마을 광장에서 즐거이 빙빙 돈다.

　테라스에 앉은 손님들이 담배를 피워대는 통에 양철 같은 하늘은 귀부인의 둥근 두발 모양 낙서를 한다. 슬픈 기억은 손수건 버리듯 버릴 것이다. 사랑과 회한과 에나멜 구두를 잊을 수만 있다면!

　나는 이층에서 뛰어내리지 않아도 되었을 것을.

　바다가 하늘에 오른다.

昆虫

昆虫が電流のやうな速度で繁殖した。

地殻の腫物をなめつくした。

美麗な衣裳を裏返して、都会の夜は女のやうに眠つた。

私はいま殻を乾す。

鱗のやうな皮膚は金属のやうに冷たいのである。

顔半面を塗りつぶしたこの秘密をたれもしつてはゐ

ないのだ。

夜は、盗まれた表情を自由に廻転さす痣のある女を

有頂天にする。

곤충

곤충이 전류와 같은 속도로 번식했다.
땅거죽에 난 종기를 핥아댔다.

아름다운 옷을 뒤집고, 도시의 밤은 여자처럼 잠들었다.

나는 지금 거죽을 말린다.
비늘 같은 피부가 금속처럼 차갑다.

얼굴 반쪽을 가득 뒤덮은 이 비밀을 아는 사람은 아
무도 없다.

밤은, 도둑맞은 표정을 자유로이 돌리는 멍든 여자를
기뻐 날뛰게 한다.

1. 2. 3. 4. 5

　並木の下で少女は緑色の手を挙げてゐる。

　植物のやうな皮膚におどろいて、見るとやがて絹の
手袋を脱ぐ。

1. 2. 3. 4. 5

가로수 아래 여자아이가 초록빛 손을 들고 있다.

식물처럼 생긴 피부에 놀라, 가만히 보니 이윽고 실
크 장갑을 벗는다.

朝のパン

　朝、私は窓から逃走する幾人もの友等を見る。

　緑色の虫の誘惑。果樹園では靴下をぬがされた女が殺される。朝は果樹園のうしろからシルクハットをかぶつてついて来る。緑色に印刷した新聞紙をかかへて。

　つひに私も丘を降りなければならない。

　街のカフエは美しい硝子の球体で麦色の液の中に男等の一群が溺死してゐる。

　彼等の衣服が液の中にひろがる。

　モノクルのマダムは最後の麺麭を引きむしつて投げつける。

아침의 빵

아침, 나는 창문으로 도주하는 몇몇 친구들을 본다.

녹색 벌레의 유혹. 과수원에서는 양말이 벗겨진 여자가 살해된다. 아침은 과수원 뒤편에서 실크 모자를 쓰고 따라온다. 녹색으로 인쇄한 신문지를 안고서.

결국은 나도 언덕을 내려가야 하리라.
거리의 카페는 아름다운 구체 유리로 되어 있고 구릿빛 액체 속에 한 무리의 남자들이 익사하고 있다.
그 남자들의 옷이 액체 속에 펼쳐진다.

모노클을 낀 부인이 마지막 남은 빵을 잡아 뜯어 내던진다.

五月のリボン

窓の外で空気は大聲で笑つた

その多彩な舌のかげで

葉が群になつて吹いてゐる

私は考へることが出来ない

其処にはたれかゐるのだらうか

暗闇に手をのばすと

ただ　風の長い髪の毛があつた

오월의 리본

창밖의 공기가 큰 소리로 웃었다

그 다채로운 혀의 그늘에서

잎이 무리지어 팔랑거린다

나는 생각을 할 수가 없다

그곳에 누군가 있는 것일까

어둠을 향해 손을 뻗자

그저   바람의 긴 머리칼이 있었다

緑

　朝のバルコンから　波のやうにおしよせ

　そこらぢゆうあふれてしまふ

　私は山のみちで溺れさうになり

　息がつまつて　いく度もまへのめりになるのを支へる

　視力のなかの街は夢がまはるやうに開いたり閉ぢた
りする

　それらをめぐつて彼らはおそろしい勢で崩れかかる

　私は人に捨てられた

초록

아침의 발코니에서   파도처럼 밀려와

그 근방에 온통 흘러넘친다

나는 산길에 푹 빠져

숨이 막히고   몇 번이나 앞으로 꼬꾸라질 뻔하였다

눈앞에 보이는 거리는 꿈이 빙글빙글 돌듯이 열리고

닫힌다

그리하여 그들은 무서운 기세로 무너져 간다

나는 인간에게 버림받았다

菫の墓

ピアノからキイがみなでていつた

真暗な荒野に私は喜びを沈めよう

昼の裸の行進を妨げる

むきだしになつた空中の弦は断たれるだろう

リズミカルな波が過ぎ去つた祭礼にあこがれる

いつまでも祈るような魂の哄笑が枝にお頭儀をさせ

われわれの営みを吹き消す

その巨人等の崩壊はまもなく大地へ

凍つた大理石を据えてしまふ

제비꽃 무덤

피아노에서 건반이 다 빠져나갔다

컴컴한 황야에서 나는 기쁨에 젖으리니

벌거벗은 낮의 행진을 방해하는

공중에 드러난 현은 끊어지리라

리드미컬한 물결이 끝나버린 축제를 그리워한다

기도하는 듯한 영혼의 웃음소리가 나뭇가지의 고개

를 흔들어

우리의 삶을 후 불어 꺼버린다

그 거인들의 붕괴는 얼마 후 대지에

꽁꽁 언 대리석을 가져다 주었다

目覚めるために

春が薔薇をまきちらしながら

我々の夢のまんなかへおりてくる。

夜が熊のまつくろい毛並を

もやして

残酷なまでにながい舌をだし

そして焔は地上をはひまはり。

死んでゐるやうに見える唇の間に

はさまれた歌ふ聲の

—— まもなく天上の花束が

開かれる。

눈을 뜨기 위하여

봄이 장미를 흩뿌리며
우리의 꿈 한가운데로 내려온다.
밤이 곰의 새카만 털을
불태워
잔혹하리만치 긴 혀를 내밀고
불꽃은 땅 위를 기어 다닌다.

죽은 듯 보이는 입술 사이에
끼어 있는 노랫소리
── 머지않아 천상의 꽃다발이
활짝 피었다.

花咲ける大空に

　それはすべての人の眼である

　白くひびく言葉ではないか

　私は帽子をぬいでそれらを入れよう

　空と海が無数の花弁をかくしてゐるやうに

　やがていつの日か青い魚やバラ色の小鳥が私の頭を
つき破る

　失つたものは再びかへつてこないだらう

꽃 피는 드넓은 하늘에

그것은 모든 인간의 눈동자다

하얗게 울려 퍼지는 언어가 아닌가

나는 모자를 벗고 그것들을 넣으리니

하늘과 바다가 무수한 꽃잎을 감추고 있는 것처럼

이윽고 푸른 물고기와 장밋빛 작은 새가 내 머리를 꿰

뚫는다

잃어버린 것들은 다시 돌아오지 않으리라

春

亜麻の花は霞のとける匂がする

春の煙はおこつた羽毛だ

それは緑の泉を充す

まもなく来るだらう

五月の女王のあなたは

봄

아마 꽃에서는 안개를 녹이는 냄새가 난다

봄의 연기는 피어오른 깃털이다

그것이 녹색의 샘을 채운다

머지않아 오리라

오월의 여왕 당신은

花

1

夢は切断された果実である

野原にはとび色の梨がころがつてゐる

パセリは皿の上に咲いてゐる

レグホンは時々指が六本に見える

卵をわると月が出る

2

林の間を蝸牛が這つてゐる

触角の上に空がある

꽃

1

꿈은 절단된 과일이다

들판에는 갈색 배가 굴러다닌다

파슬리는 접시 위에 피어 있다

레그혼종 닭은 종종 발가락이 여섯 개로 보인다

달걀을 깨니 달이 뜬다

2

달팽이가 숲속을 기어간다

더듬이 위에 하늘이 있다

，

3

今日は風の色が濃い

ピストンが塩辛い空気を破つて突進する

くつがへされた朝の下で雨は砂になる

`

오늘은 바람의 색이 짙다

피스톤이 짭짤한 공기를 부수며 돌진한다

뒤집힌 아침 아래서 비는 모래가 된다

星宿

露にぬれた空から

緑の広い平野から

目覚めて

光は軟い壁のうへを歩いてゐる

夜の暗い空気の中でわづかに支へられながら

あたかも睡眠と死の境で踊つてゐた時のやうに

地上のあらゆるものは生命の影なのだ

その草の下で私らの指は合瓣花冠となつて開いた

無言の光栄　　そして蠱惑の天に投じられたこの
狂愚

今ではそれらは石塊に等しく私の頭を圧しつける

별자리

이슬에 젖은 하늘에서

녹음이 펼쳐진 평야에서

눈 떠

빛은 부드러운 벽 위를 걷는다

밤의 어두운 공기 속에 살짝 기대어

흡사 잠과 죽음의 경계에서 춤출 때처럼

지상에 있는 모든 것은 생명의 그림자다

그 풀 아래서 우리의 손가락은 통꽃부리가 되어 열렸다

무언의 영광   그리고 고혹의 하늘에 내던져진 이 미

친 어리석음

이제 그것들이 돌덩이처럼 내 머리를 짓누른다

前奏曲

　雲に蔽はれた見えないところで木の葉が非常な勢で増えてゐる。いつの間に運ばれるのかプラタナスも欅も新しい葉で一杯になり、生きものが蠢めいてゐるやうに盛り上つてこぼれるばかりに輝いてゐる。遠くで見てゐると空気が俄かにかき集められ、黒い塊がかさなり合つて暗がりをつくり、それが次第に丘の方に拡つて茂みになつてゐるやうに思はれるだけで、ほんとうに其處に大きな茂みがあるのか、木が並んでゐるのかわからない。或る時は空が何かで傷つけられたのであんなにも汚れてゐるのだと考へられたりする程、高く離れてゐる。その下の凹地は鳩の胸のやうに若々しい野原で、都会から来た婦人たちは（まるでスパダ湾のやうですわ）といつて驚く。そして軟かい敷物の上に坐つて、サンドヰツチやチヨコレエトを食べながらこの地方の気候のよいことやこの夏にはオオガンヂイの蝶が流行するだらうと話してゐる。その間にもたえず緑の泉は旋廻し、輪転機から新聞紙が吐き出されて

36

전주곡

구름에 가려 보이지 않는 곳에서 나뭇잎이 격렬한 기세로 늘어나고 있다. 어느 틈에 자랐는지 플라타너스도 느티나무도 새로운 잎으로 가득 차서, 살아 있는 것이 꿈틀거리듯 부풀어 넘칠 것처럼 반짝인다. 멀리서 보고 있으면 공기가 갑자기 한군데로 죄다 뭉쳐지면서, 검은 덩어리가 서로 겹쳐져 어둠이 생기고, 그것이 점차 언덕 쪽으로 확대되어 녹음이 우거진 것처럼 여겨질 뿐, 그곳에 정말로 크나큰 숲이 있고 나무가 줄지어 서 있는지는 알 수 없다. 때로는 하늘이 무언가로부터 상처를 입어 그렇게 더러워진 것이라고 생각될 정도로, 높이 떨어져 있다. 그 아래 오목한 땅은 비둘기의 가슴처럼 생기발랄한 들판이고, 도시에서 온 부인들은 "이곳은 마치 지중해 같네요"라며 놀란다. 그러고는 부드러운 자리를 깔고 앉아 샌드위치나 초콜릿을 먹으며 이 지방 날씨가 얼마나 좋은지, 올여름 유행은 나비 무늬가 들어간 오건디 옷감일 거라는 이야기를 한다. 그사이에도 초록의 샘은 쉬지 않고 빙글빙글 돌아, 윤전기에서 신문지가 뿜어져

37

ゐるやうに光つてゐる。

　私は終ることのない朝の植物等の生命がどんなに多彩な生活を繰返してゐるかを知ることが出来て目がくらみさうだ。全く人間の足音も、バタやチーズの匂もしないけれど、息づまるやうな繁殖と戦ひと謳歌が行はれてゐるのを見てゐるうちに、負けてしまひさうになる。私たちの住んでゐる外側で、しかもすれすれの近いところで嚇かしでもするやうな足並を揃へ、わけのわからない重苦しいうめき聲をたてるので私はいつも戸外ばかりを見てゐなければならない。いつの頃からこんな風物にとりかこまれ、またその中に引きづられて行くことになつたのだらう。空気と空と樹木と草むらだけの他に何の噪音も胡魔化しもなく私が見えるものといへばこれ等のものの流れるやうな色と形の大まかな毒々しさである。それが不思議な迫力で私を入口から押し出したり、悲しませたり怒らしたりする。

　追ひたてられてでもゐるやうにぼんやり目を開くと、瞼のそばでその自然の挨拶だけがとりかはされる。私は目が覚めたのだと思ふ。さうすると雨漏りのあとのついた黄色な天井も、鏝で到るところに小さな穴がある壁も眠りから覚めようとする菫色の弱い光にぢき

나오는 것처럼 빛이 난다.

나는 끝나지 않는 아침을 사는 식물의 생명이 얼마나 다채로운 생활을 반복하는지 알고 현기증이 날 것 같다. 인간의 발소리도, 버터나 치즈 냄새도 나지 않지만, 숨 막히는 번식과 투쟁과 환희의 노래를 부르는 모습을 보고 있으면 굴복할 수밖에 없을 것 같은 기분이 든다. 우리가 사는 곳 바깥에서, 그것도 아슬아슬하게 가까운 곳에서 위협이라도 하듯 바짝 따라붙으며 영문 모를 괴로운 신음 소리를 내기에 나는 항상 문밖을 보고 있어야만 한다. 언제부터 이런 상황에 갇혀 끌려가게 되었을까. 공기와 하늘과 수목과 풀숲 말고는 아무런 소음이나 눈속임도 없이 내게 보이는 것이라고는 마치 흘러가는 듯한 식물들의 색깔과 형태의 대범한 독살스러움이다. 그것이 신비한 박력으로 입구에서 나를 밀어내고 슬프게 하고 분노케 한다.

쫓겨난 사람처럼 멍하니 눈을 떠, 곁눈질로 그저 자연과 인사를 주고받는다. 나는 잠에서 깨어났다고 생각한다. 그러면 비 샌 자국이 있는 누런 천장도, 압정으로 여기저기 작은 구멍이 난 벽도 잠에서 깨고자 하는 옅은 제비꽃 색 빛에 흡수되어, 점차 뒤로 물러난다. 나는 뭔가 놓쳐서는 안 될 것을 놓쳤다는 기분이 든다. 아이가

吸収され、どんどん後に退いてしまふ。私はなにかしら逃がしてはいけないものを失つたやうな気がする。子供が紛失したものをいつ迄も諦めきれずに、めぐり合はせを持つあの時と同じやうに。それからまた捕へてみたいと思つてもそこは湯のやうに生温いだけで再び戻つて来るものはない上半身が急に軽くなつたやうな気がすると、何事も思ひだせなくなつて、もはや過ぎ去つたといふことがそんなに魅力をもたなくなる。そして森や太陽や垣根が明け方の夢からとり残されたと思はれるやうに鮮やかに現はれるのである。

　周囲はいつものやうに緩やかな繰返しを続けるのだらう。この植物の一群の形態は私と何等のかかはりもない筈なのに、私はなぜかしばられたやうに彼らの一つ一つに注意しなければならない。梢の先が動いてゐるのを見てゐると眠くなり、毎日ぶつぶつ独り言をしやべつてゐると日が暮れてしまふ。

　庭の中央の楡は婚礼のヴエールのやうに硬い枝を拡げ、その根元は鋸の歯の形に雑草がとり巻いてゐる。荒れた叢をところどころ区別する斑点——ダリヤ、オダマキ、オドリコ草、灯心草等がセルロイドの玩具のやうに廻つてゐる。さうだ、空間は葉脈のつながりから落

잃어버린 것을 잊지 못하고, 다시 만나기를 기다리는 것처럼. 다시 붙잡고 싶어도 그곳은 더운물처럼 미지근하기만 하고 다시 돌아올 것은 아무것도 없다는 생각에 상반신이 돌연 가벼워지면, 아무 생각도 나지 않고, 이미 지나갔다는 사실이 그리 큰 매력을 갖지 않게 된다. 그리고 숲이나 태양이나 울타리가 마치 새벽꿈에서 남겨진 것처럼 선명히 드러난다.

주위는 늘 그러하듯 온화한 반복을 이어가리라. 이 식물 무리의 형태는 나와 아무런 관계도 없을 터인데, 나는 어쩐지 이것들에 꽁꽁 얽매인 것처럼 식물 하나하나에 세심한 주의를 기울인다. 가지 끝이 움직이는 것을 보고 있으면 졸음이 몰려와서, 매일 혼잣말을 중얼중얼하다가 해가 저문다.

마당 한가운데 느릅나무는 결혼식 면사포처럼 질긴 가지를 펼치고, 밑동에는 톱니 모양으로 잡초가 둘러 있다. 황량한 수풀을 군데군데 구분 짓는 얼룩덜룩한 반점——달리아, 매발톱꽃, 광대수염, 골풀 같은 꽃들이 셀룰로이드 장난감처럼 빙빙 돌고 있다. 그렇다, 헝클어진 그물망 위에 놓인 공간은 잎맥의 연결 고리에서 떨어질 수 없다. 단지 풀줄기와 풀줄기 사이를 오락가락하는 개미가 하는 것과 같은 작은 행위가 거의 대부분의 공간

ちることが出来ない、もつれた網目の上に乗せられて。ただ草の茎と茎の間を蟻が行つたり来たりしてゐるそのやうな小さな営みが殆んど空間を占めてゐることを考へる。こんな細く、そしてうす暗い道があつたのかしら、ちよつと指が触れると、あとかたもなく消えてしまふ針金を渡つて歩いてゐる生活が人の気付かない處で休みなく営まれてゐる、栗の花がわけもなく群がり散つてゐるとより見えない昆虫どもが幾度も同じやうに次の茎へ移る。お前は何を考へてゐるのか、お前はどこへ行くのか、最初のスタートがどんなに無意味であつたとしても、方向を見定めないうちに絶望しないやうに。

　当然やつて来るべきものが、コースを間違へないでまた帰つて来たと思はれる季節が、しかも何の予告もなしにいつの間にか地球のまはりをめぐり、夥しい種子の芽を吹き出す時に、私たちはどんなにか盛んな植物等の建設を望んだらう。同じやうな速さで草木は短い羽毛を貪欲な世界にすべての分野をわかち与へ人の目を別な方面へ導いていく。併し私たちの馴らされた視野が気付かぬ間に、見知らぬものに置き換へられてしまつたために、強烈な色彩と自由を渇望するやうに

42

을 전유하고 있다는 생각이 든다. 이렇게 좁고, 그리고 어둑어둑한 길이 있었던가, 손끝이 살짝 닿으면 흔적도 없이 사라질 철조망을 넘나들며 돌아다니는 생활이 남들이 눈치채지 못하는 곳에서 쉼 없이 계속되고, 밤꽃이 이유도 없이 무리 지어 흩날리면 그래서 더 눈에 잘 띄지 않는 곤충들이 다음 줄기로 옮겨간다. 너는 무슨 생각을 하고 있는가. 너는 어디로 가는가. 첫 시작이 아무리 무의미하다 해도, 방향이 확실해지기 전까지는 절망하지 않기를.

당연히 와야 할 것들이, 길을 잃지 않고 다시 되돌아왔구나 싶은 계절이, 아무런 예고도 없이 어느 틈엔가 지구를 돌아 수많은 종자의 싹을 틔울 때, 우리는 식물들의 왕성한 건설을 얼마나 바랐던가. 비슷한 속도로 초목은 탐욕스러운 세계의 모든 분야에 짧은 깃털을 나누어 주고 사람들의 눈을 다른 방향으로 끌고 간다. 그러나 우리의 길들여진 시야가 우리도 깨닫지 못하는 사이에 낯선 것으로 대체된 탓에, 강렬한 색채와 자유를 갈망하게 되었다.

마구 우거져 좁아진 녹색 문 안으로 날이 밝아오는 것이 보인다. 아지랑이가 걷히듯, 느긋하게 흘러, 대기 속에서 찾아오는 여명은 아름다운 미궁이다. 누구든지 너

なつた。

　もぢやもぢやに縮れた緑の門の中から夜の明けるのが見える、靄の晴れる如く、ゆるやかに流れて、大気の奥からやつて来る黎明は美しい迷宮である。あまり美しいものを見ると誰でもよくないことを考へがちなものである。私たちの眠つてゐるうちに、悪い事があつたのではないかと思ふ。表面はおだやかさうに見えるがあれは秘密を隠してゐるからだ、気味悪い不安をたたへた静けさ。早く叫び聲をださなければ殺されるかも知れない。このやうに澱んだ空気に浸たつてなぜ反抗しないのだらう。われわれは呼吸が困難な程湿気の多い草いきれが地上から湧きあがる中に憑かれて、閉ぢこめられてゐるのに、植物は人間からあらゆる生気を奪つて、尽くることのない饗宴をはつてゐる。

　樹木は青い血液をもつてゐるといふことを私は一度で信じてしまつた。彼らは予言者のやうな身振りで話すので。樹液は私たちの体のわづかばかりの皮膚や筋肉を染めるために手は腫れあがり、心臓は冷たく破れさうだ。北国の農園では仔牛が柵を破壊してやつて来るので麦は早く刈りとつて乾燥しなければならないだらうし、それから羊毛の衿巻も用意しなければと人々

무 아름다운 깃을 보면 안 좋은 생각을 하기 마련이다. 우리가 잠을 자는 동안, 나쁜 일이 있었던 것은 아닐까. 표면은 온화한 듯 보이지만 그것은 비밀을 숨기고 있기 때문이다. 기분 나쁜 불안으로 가득한 고요. 어서 고함을 지르지 않으면 살해당할지도 모른다. 이토록 탁한 공기에 갇혀 있으면서 왜 반항하지 않는가. 우리는 호흡이 곤란할 정도로 습기를 가득 머금은 풀숲의 훗훗한 열기가 지상에서 뿜어져 나와 몸을 가눌 수도 없이 어지러운데, 식물은 인간으로부터 온갖 생기를 빼앗아 끝없는 향연을 펼치고 있다.

수목에는 푸른 혈액이 흐른다는 사실을 나는 단번에 믿을 수밖에 없었다. 수목이 이야기하는 몸짓이 예언자와 같았기에. 수액은 우리 몸에 들러붙은 약간의 피부나 근육을 물들여, 손은 부어오르고 심장은 차갑게 찢어질 듯하다. 북쪽 나라 농장에서는 송아지가 울타리를 부수고 달려드니 보리는 빨리 베어 건조시켜야 하고, 양털 목도리도 준비해야 한다고 사람들은 말한다. 조만간 눈이 내려 나무를 시들게 하리라.

여자들은 하늘의 상태나 꽃 색깔을 살피며 자기들의 하루를 꾸려나갈 생각만 하게 되었다. 날씨의 상태가 신경 쓰이고, 따뜻함이나 추위가 손톱 끝까지 느껴진다.

は云つてゐる。まもなく雪が降つて木を枯らしてしまふのだらう。

　女達は空模様や花の色などで自分等の一日を組立てることばかり考へるやうになつた。お天気の具合が気になり、暖かさや寒さが爪の先まで感じられる。例へば着物や口紅の色が、家具の配置までが、その時の窓外の景色と何か連絡があり約束があるのだと考へる。常にそれらの濃淡の階調に支配され調和してゆかなければならないと思ふ。彼女たちは或る時は花よりも美しく咲こうとする。だから花卉の色や樹の生えてゐる様子を見てゐると女の皮膚や動作がひとりでに変つてゐる。

　変化に富んだ植物の成長がどんなに潑剌としてゐることだらう、私は本を読むことも煙草を吸ふことも出来なくなつた。枝が揺れてゐる、焰々ととりまかれてゐる、と彼らの表情のどんな小さな動きをも見逃さないやうに、と思つてゐるうちに、私自身の表現力は少しも役に立たないものになつて、手を挙げたり、笑つたりすることすら彼らの表情のとほりを真似てゐるにすぎない。私のものは何一つなく彼らの動いてゐるそのままの繰返しで、また彼らから盗んだ表情なのである。どち

46

예를 들어 옷이나 립스틱 색깔이나 가구 배치까지 그 순간의 창밖 경치와 소통하며 특별한 약속이 있다고 생각한다. 언제 어느 때나 자연이 지닌 짙고 옅음의 그러데이션을 예의 주시하며 조화를 이루어 나가야 한다고 믿는다. 여자들은 때때로 꽃보다 아름답게 피고자 한다. 그래서 화초의 빛깔이나 나무가 자란 모습을 보고 있으면 여자의 피부나 동작이 저절로 변하고는 한다.

변화무쌍한 식물의 성장이 얼마나 발랄한지, 나는 그만 책을 읽을 수도 담배를 피울 수도 없었다. 가지가 흔들린다, 활활 타오르는 녹음에 에워싸인다, 식물들의 그 어떤 작은 움직임이라도 놓치지 않으려고 애를 썼지만, 나 자신의 표현력은 조금도 도움이 되지 않고, 손을 들거나 웃는 일조차 식물들의 표정을 그대로 흉내 내는 것에 지나지 않는다. 내 것은 무엇 하나 없고 식물들이 움직이는 그대로를 반복하고, 표정 또한 식물들에게서 훔친 것이다. 어느 쪽이 그림자인지 알 수 없어졌다. 내가 준 것은 아무것도 없다. 그런데도 식물들이 하는 행동은 무슨 일이든 다 받아들였다. 그러는 사이에 나는 한 그루 나무로 변신하여 숲속으로 사라져 버리리라. 나는 지금까지 살아 있다고 생각했을 뿐 실은 존재하지 않는지도 모른다. 단순한 수목의 투영, 그저 낮에만 지면을 기

らが影なのかわからなくなつた。私が与へたものは何もない。それなのに彼らのすることはどんなことでも受入れてしまつた。こうしてゐるうちに私は一本の樹に化して樹立の中に消えてしまふだらう。私は今まで生きてゐると思つてゐただけで実は存在してゐないのかも知れないのだ。単なる樹木の投影、昼の間だけ地面を這つてゐるおばけのやうな姿、それもすぐ見えなくなつてしまふのに。やがて樹木の思惟がわれわれの頭上をどんどん追ひ越していく。人は平衡を失ひ、倒れさうになり、頭髪を圧へつけられるのか帽子をかかへてあぶなつかしい歩き方をする。私は長い間人間に費やしてゐた熱情がつまらないものであることを知つた、それは丁度硝子の破片をのみ引掻いてゐた指の傷害を悔ゆる時のやうに。

　どの人の顔もどの事件も忘れられてしまつてゐるのに、やはり最初に想出されるのは山の恰好とか木の大きさなどの自然の姿態であつて、それらから糸を繰るやうに、いろんな出来事とか建物、食物などが引きだされ、人間はその間からいりみだれて覗くだけで、衰へた記憶になつてしまふ。昔のことはひときれの古びた空気だとして捨て去られるとしたら、老人にとつてどん

48

어 다니는 귀신과도 같은 모습, 그마저도 곧 보이지 않게 되리니. 이윽고 수목의 사유가 우리의 머리 위를 점차 추월해 간다. 인간은 균형을 잃고 쓰러질 듯하여, 머리칼이 눌렸는지 모자를 움켜쥐고 비틀비틀 걸어간다. 나는 오랜 시간 인간에게 써온 열정이 하찮은 것임을 깨달았다, 마치 유리 조각을 긁어대다 손가락을 베인 것을 뉘우칠 때처럼.

어떤 사람의 얼굴이나 어떤 사건은 잊어도, 가장 먼저 떠오르는 것은 산의 형태나 나무의 크기와 같은 자연의 자태이며, 그것들로부터 실을 잣듯이 다양한 사건과 건물, 음식 같은 것들이 끌려 나오고, 인간은 그 사이에 뒤섞여 이리저리 흘끗거리다가 쇠퇴한 기억이 되고 만다. 오래전 일이 한낱 케케묵은 공기로 치부되어 버려진다면, 노인에게는 어떤 대화가 가장 훌륭한 위로가 될 것인가. 각각의 사람들 가슴속에 찔린 상처가 반짝이며 빛날 때까지, 멀리 떠나버린 일을 추억하는 것은 분명 꽃이 피는 쪽에 청춘이 있다고 생각하기 때문이리라.

비가 하루 종일 나무를 씻어내고, 지상과의 이중주를 시작한다. 어디서부터일까, 운율이 탁탁 끊기며 파도가 밀려와, 초목을 노랑과 빨강으로 바꾸었다. 구하고자 하고 머무르고자 하는 밝은 음악이 계절을 무척이나 앞당

な会話が最も慰めになるだらう。各々の人の胸のうち
で瘡痕が輝くやうになるまで、遠くの方へ去つてしま
ふのをふりかへつてゐるのはきつと花の咲いてゐる方
に青春があると思ふからだらう。

　雨が終日樹木を洗つて、地上との二重奏が始まる。
どこからともなく、或はきれぎれに韻律のある波が押
し寄せて、草木を黄や赤に変へた。求めようとする、と
どまらうとする明るい音楽は季節を大分早めてゐるや
うな気がする。話聲は聴きとれなくなつた。まだ秋にな
つたばかりなのにストーヴの中には石炭が投げこまれ
る、家族のものはみなヴエランダへ出て見えない弦の
奏でる単純な曲に耳を傾けてゐる。空から鉄骨のやう
な枝がぶらさがつて、日覆の布は取除けられる。楡は裸
になつた。ここでは時間は葉が離れる方へ経過してゐ
るやうに思はれる。誰しも心では年齢を歎きつつ。一つ
の輪は賑やかな日の記念であり、過去へ続く鎖ともな
るから。色褪せたすべては空中に散乱して最後の歩調
を待つてゐる。段段近づいてくる空しい響き、それは樹
間をさまよふ落魄の調べであらうとは、自然の転移、ま
た定められた秩序が唇の上で華やかな夢を望むのか。

기고 있다는 기분이 든다. 말소리가 들리지 않게 되었
다. 이제 막 가을이 되었을 뿐인데 난로 안으로 석탄을
던져 넣는다. 가족들은 모두 베란다로 나가 보이지 않
는 현이 연주하는 단조로운 곡에 귀를 기울인다. 하늘에
서 철골 같은 가지가 늘어져 차양이 되어주는 천이 찢
어졌다. 느릅나무는 헐벗었다. 시간은 이곳에서 잎이 지
는 쪽으로 경과하는 듯하다. 누구나 속으로는 나이를 먹
는다는 사실에 감탄을 금치 못한다. 고리 하나가 더 늘
었다는 것은 명랑한 날의 기념이자, 과거로 이어지는 사
슬이 늘었다는 뜻이므로. 빛바랜 모든 것은 공중에 흩어
져 마지막 발걸음을 기다리고 있다. 차츰차츰 다가오는
공허한 울림, 그것이 나무와 나무 사이를 떠도는 파멸의
리듬일 줄이야. 자연의 움직임, 또는 정해진 질서가 입
술 위에서 화려한 꿈을 갈망하는가.

暗い歌

咲き揃つた新しいカアペットの上を

二匹の驢がトロツコを押して行く

静かに　ゆつくりと

奢れる花びらが燃えてゐる道で

シルクの羽は花粉に染まり

彼女の爪先がふれる処は

白い虹がゑがかれる。

어두운 노래

꽃이 만발한 새 카펫 위로

두 마리 당나귀가 수레를 밀고 간다

조용히   천천히

화려한 꽃잎이 타오르는 길에서

실크 깃털은 꽃가루에 물들고

그 여자의 발끝이 닿는 곳에는

하얀 무지개가 뜬다.

II

記憶の海

　髪の毛をふりみだし、胸をひろげて狂女が漂つてゐる。

　白い言葉の群が薄暗い海の上でくだける。

　破れた手風琴、

　白い馬と、黒い馬が泡だてながら荒々しくそのうへ

を駈けてわたる。

기억의 바다

　흐트러진 머리에, 가슴을 열어젖힌 미친 여자가 서성
인다.

　흰 언어의 무리가 어둑한 바다 위에서 부서진다.

　부서진 아코디언,

　하얀 말과, 검은 말이 거품을 일으키며 거칠게 그 위
를 달려 나간다.

海の天使

揺籃はごんごん鳴つてゐる

しぶきがまひあがり

羽毛を掻きむしつたやうだ

眠れるものの帰へりを待つ

音楽が明るい時刻を知らせる

私は大声をだし　訴へようとし

波はあとから消してしまふ

私は海へ捨てられた

바다의 천사

요람이 쾡쾡 울린다
물보라가 치솟아
깃털을 쥐어뜯은 듯하다
잠이 돌아오기를 기다린다
음악이 밝은 시각을 알린다
나는 큰 소리로   호소하고
파도는 뒤이어 자취를 감춘다

나는 바다에 버려졌다

雲のやうに

果樹園を昆虫が緑色に貫き

葉裏をはひ　たへず繁殖してゐる

鼻孔から吐きだす粘液

それは青い霧である

時々　彼らは

音もなく羽搏きをして空へ消える

婦人等はただれた目付きで

未熟な実を拾つてゐる

空には無数の瘡痕がついてゐる

肘のやうにぶらさがつて

それから私は見る

果樹園がまんなかから裂けてしまふのを

そこから雲のやうにもえてゐる地肌が現はれる

구름과 같이

곤충이 과수원을 초록으로 관통하여
이파리 뒷면을 기어   끊임없이 번식한다
콧구멍에서 뿜어 나오는 점액
그것은 푸른 안개이다
가끔씩   그들은
소리도 없이 날갯짓하며 하늘로 사라진다
부인들은 언제나 짓무른 눈초리로
설익은 열매를 줍는다
하늘에는 팔꿈치처럼 축 늘어진
수없이 많은 흉터가 있다
그리고 나는 본다
과수원이 한가운데에서부터 갈라지는 모습을
거기서부터 구름과 같이 불타는 지면이 드러난다

緑の焔

　私は最初に見る　賑やかに近づいて来る彼らを　緑
の階段をいくつも降りて　其處を通つて　あちらを向
いて　狭いところに詰つてゐる　途中少しづつかたま
つて山になり　動く時には麦の畑を光の波が畝になつ
て続く　森林地帯は濃い水液が溢れてかきまぜること
が出来ない　髪の毛の短い落葉松　ていねいにペンキ
を塗る蝸牛　蜘蛛は霧のやうに電線を張つてゐる　総
ては緑から深い緑へと廻転してゐる　彼らは食卓の上
の牛乳壜の中にゐる　顔をつぶして身を屈めて映つて
ゐる　林檎のまはりを滑つてゐる　時々光線をさへぎ
る毎に砕けるやうに見える　街路では太陽の環の影を
くぐつて遊んでゐる盲目の少女である。

　私はあわてて窓を閉ぢる　危険は私まで来てゐる　外
では火災が起つてゐる　美しく燃えてゐる緑の焔は地
球の外側をめぐりながら高く拡がり　そしてしまひに
は細い一本の地平線にちぢめられて消えてしまふ

녹색 불꽃

나는 맨 처음 본다 소란스레 다가오는 그들을 녹색 계단을 몇 개쯤 내려와 그곳을 지나고 저곳을 향해 좁은 공간을 채워간다 그러다 조금씩 뭉쳐 산이 되고 움직일 때는 보리밭에 흐르는 빛의 파도가 이랑을 이루며 이어진다 삼림지대는 짙은 수액이 넘쳐흘러 휘저을 수가 없다 머리칼이 짧은 낙엽송 정성스럽게 페인트칠을 하는 달팽이 거미는 안개처럼 전선을 펼친다 모든 것은 숲에서 더 깊은 숲으로 빙빙 돈다 식탁 위 우유병 속에 그들이 있다 얼굴을 찡그리고 몸을 굽힌 채 비치어 있다 사과 표면을 미끄러져 간다 종종 광선을 막아설 때마다 부서지듯 보인다 도로에는 햇무리 사이로 노는 앞 못 보는 여자아이가 있다.

나는 서둘러 창을 닫는다 위험은 내게도 오고 있다 밖에는 화재가 발생했다 아름답게 타오르는 녹색 불꽃은 지구 바깥쪽을 돌며 높이 번지고 마침내 가느다란 한 줄 지평선으로 오그라들어 사라져 버린다

'

　体重は私を離れ　忘却の穴の中へつれもどす　ここ
では人々は狂つてゐる　悲しむことも話しかけること
も意味がない　眼は緑色に染まつてゐる　信じること
が不確になり見ることは私をいらだたせる

　私の後から目かくしをしてゐるのは誰か?　私を睡
眠へ突き墜せ。

`

체중이 나를 떠나   망각의 구멍 속에 되돌려 놓는다
이곳 사람들은 미쳐 있다   슬퍼하는 것도 말을 거는 것
도 의미가 없다   눈은 녹색으로 물들었다   믿음은 불
확실해지고 앞을 보는 일은 나를 초조하게 한다

내 뒤에서 눈을 가리는 것은 누구인가?   나를 잠에
빠뜨려다오.

緑色の透視

　一枚のアカシヤの葉の透視

　五月　其處で衣服を捨てる天使ら　緑に汚された

脚　私を追ひかける微笑　思ひ出は白鳥の喉となり彼

女の前で輝く

　いま　真実はどこへ行つた

　夜露でかたまつた鳥らの音楽　空の壁に印刷した樹

らの絵　緑の風が静かに払ひおとす

　歓楽は死のあちら　地球のあちらから呼んでゐ

る　例へば重くなつた太陽が青い空の方へ落ちてゆく

のを見る

　走れ！　私の心臓

　球になつて　彼女の傍へ

　そしてテイカツプの中を

녹색의 투시

　한 장의 아카시아 잎의 투시

　오월　거기서 옷을 버리는 천사들　녹음에 더럽혀진
다리　나를 뒤쫓는 미소　추억은 백조의 목이 되어 그
여자 앞에서 빛난다

　지금　진실은 어디로 갔나

　밤이슬로 엉겨 붙은 새들의 음악　하늘 벽에 인쇄한
나무들의 그림　숲 바람이 조용히 떨쳐낸다

　환락은 죽음의 저편　지구의 저편에서 부르고 있
다　예를 들면 무거워진 태양이 푸른 하늘 쪽으로 떨어
지는 것이 보인다

　달려라!　나의 심장아

　구형이 되어　그 여자 곁으로

　그리고 찻잔 속을 달려라

——かさなり合つた愛　それは私らを不幸にする

牛乳の皺がゆれ　私の夢は上昇する

──서로 거듭되는 사랑   그것이 우리를 불행케 한다

우유의 잔물결이 일렁이고   나의 꿈은 위로 오른다

The street fair

舗道のうへに雲が倒れてゐる

白く馬があへぎまはつてゐる如く

夜が暗闇に向つて叫びわめきながら

時を殺害するためにやつて来る

光線をめつきしたマスクをつけ

窓から一列に並んでゐた

人々は夢のなかで呻き

眠りから更に深い眠りへと落ちてゆく

そこでは血の気の失せた幹が

疲れ果て絶望のやうに

高い空を支へてゐる

道もなく星もない空虚な街

The street fair

보도 위에 구름이 쓰러져 있다
말이 하얗게 헐떡이고 있는 것처럼

밤이 어둠을 향해 외치고 부르짖으며
시간을 살해하기 위하여 찾아온다

광선으로 도금한 마스크를 쓰고
창문에서 일렬로 늘어서 있었다

사람들은 꿈속에서 신음하고
잠에서 보다 깊은 잠으로 빠져든다

그곳에는 핏기가 사라진 줄기가
지칠 대로 지친 절망처럼

높은 하늘을 떠받치고 있다
길도 없고 별도 없는 공허한 거리

，

　私の思考はその金属製の

　真黒い家を抜けだし

　ピストンのかがやきや

　燃え残つた騒音を奪ひ去り

　低い海へ退却し

　突きあたり打ちのめされる

72

›

나의 생각은 금속으로 만든
시커먼 집을 빠져나와

피스톤의 반짝임과
타다 남은 소음을 탈취하여

낮은 바다로 퇴각하다가
막다른 곳에서 뻗어버린다

The Madhouse

自転車が走ってゐる

爽かな野道を

護謨輪の内側のみが地球を回転させる

まもなく彼はバグダアドに到着する

そこは非常に賑つてゐる

赤衛軍の兵士等　縮毛の芸術家　皮膚の青いリヤザンの女　キヤバレの螺旋階段　ピアノはブリキのやうな音をだす

足型だけの土塊の上に立つてゐる人々は尖つた水晶体だ

踏みはずすと死ぬだろう

太陽の無限の伝播作用　病原地では植物が渇き　荒廃した街路を雲がかけてゐる

彼にとつて過去は単なる木々の配列にすぎぬやうにまた灰のやうに冷たい

入口の鷲鳥の羽　さかしまな影

The Madhouse

자전거가 달려간다

상쾌한 들판 길을

고무바퀴 안쪽이 지구를 회전시킨다

얼마 후 남자는 바그다드에 도착한다

그곳은 대단히 붐비고 있다

적위군 병사들   부스스한 머리를 한 예술가   푸른 피부의 랴잔 여자   카바레의 나선 계단   피아노는 양철 같은 소리를 낸다

발자국만 남은 흙덩이 위에 선 사람들은 예민한 수정체다

발을 헛디디면 죽으리라

태양의 무한한 전파 작용   병의 근원지에서는 식물이 마르고   황폐한 거리를 구름이 달려간다

그 남자에게 과거는 단순히 나무들의 배열에 지나지 않은 듯 재처럼 차다

입구에는 거위 깃   거꾸로 된 그림자

私は生きてゐる　私は生きてゐる

나는 살아 있다   나는 살아 있다

ガラスの翼

　人々が大切さうに渡していつた硝子の翼にはさんだ恋を、太陽は街かどで毀してしまふ。

　空は窓に向つて立つてゐる、ヴエンチレエタアのまはるたびにいろが濃くなる。

　木の葉は空にある、それは一本の棒を引いてゐる、屋根らは凭りかかつて。

　ふくらんだ街路を電車は匐ひ、空中の青い皺の間を旋廻する水兵の襟。

　盛装して夏の行列は通りすぎフラスコの中へ崩れる。

　私らの心の果実は幸福な影を降らしてゐる。

유리의 날개

사람들이 소중하게 건네준 유리의 날개에 끼워진 사랑을, 태양이 길모퉁이에서 깨뜨려 버린다.

하늘은 창을 향해 서 있다, 환풍기가 돌아갈 때마다 빛깔이 짙어진다.

나뭇잎은 하늘에 있고, 그것이 막대기 한 개를 끌어당긴다, 지붕들은 기대어 있고.

부풀어 오른 거리를 전철이 둘러싸고, 공중의 푸른 주름 사이를 선회하는 해병의 옷깃.

화려한 여름 행렬이 플라스크 안에서 흐트러진다.

우리 마음의 열매는 행복한 그림자를 드리운다.

夢

　真昼の裸の光の中でのみ現実は崩壊する。すべての
ものは鋭く白い。透明な窓に脊を向けて、彼女は説明す
ることが出来ない。只、彼女の指輪は幾度もその反射を
繰返した。華麗なステンドグラス。虚飾された時間、ま
たそれらは家を迂回して賑やかな道をえらぶだらう。
汗ばんだ暗い葉。その上の風は跛で動けない。闇の幻を
拒否しながら私は知る。人々の不信なことを。外では塩
辛い空気が魂を巻きあげてゐる。

꿈

　오직 한낮의 벌거벗은 빛 속에서만 현실은 붕괴한다. 모든 것이 희고 날카롭다. 투명한 창문을 등진 채, 여자는 설명할 방법이 없다. 다만, 여자의 반지가 반사를 거듭했다. 화려한 스테인드글라스. 겉치레의 시간, 그것들은 집을 우회하여 소란한 길을 고르리라. 땀에 젖은 어두운 잎. 그 위로 부는 바람은 발을 절어 움직일 수 없다. 어둠의 환영을 거부하며 나는 깨달았다. 사람들을 믿을 수 없다는 것을. 바깥에는 짠 공기가 영혼을 감아올린다.

暗い夏

　窓の外には鈴懸があつた。楡があつた。頭の上の葉の
かげで空気がゆつくり渦巻いてゐるのを私は見てゐる。
いまにも落ちさうだ。毛絲のやうにもつれあがり、薄い
翼のある空気がレエスのカアテンを透して浮いてゐる。
緑のふちかざりとなつて。その黒いかたまりとかたま
りの間からさしこむ陽が花びらや細い茎につきあたる
ので庭の敷物は一面光にぬれてきらきらと輝いてゐる。
それ等の光は再び起きあがることを忘れたかのやうに
室内へはほんのわづか反射してゐるだけである。その
ために部屋の中はうす暗くよごれてゐた。すべてのも
のは重心を失つて室内から明るい戸外へと逃げる。其
處は非常なすばやさでまはつてゐる。私は次第に軽く
なつてゆくのを感ずる。私の体重は庭の木の上にあつた。
葉に粉末がついてゐるのはほこりだらうか。葉らは地
上の時の重さにたへかねてでもゐるやうにして風に吹
かれて揺れる。その掌をすりあわせながら。

　人はいつも湿つた暗い茂みの下を通る。無言で、膝

어두운 여름

창밖에는 플라타너스가 있었다. 느릅나무가 있었다. 나는 머리 위 잎 그늘에서 공기가 천천히 소용돌이치는 것을 보고 있다. 금방이라도 떨어질 것 같다. 털실처럼 뒤엉킨, 엷은 날개 달린 공기가 레이스 커튼을 투과해 떠 있다. 녹음의 테두리를 장식하며. 검은 뭉치와 뭉치 사이로 비치는 햇살이 꽃잎과 가는 줄기에 부딪히는 탓에 정원에 깔아둔 자리가 온통 빛에 젖어 반짝인다. 그 빛은 다시 일어서기를 잊은 듯 실내에 아주 조금 반사될 뿐이다. 그리하여 방 안은 어두컴컴하게 더러워져 있었다. 모든 것이 중심을 잃고 어두운 실내에서 밝은 바깥으로 도망친다. 그곳은 대단히 민첩하게 돌아가고 있다. 나는 점차 가벼워지는 것을 느꼈다. 나의 체중은 뜰에 자란 나무 위에 있었다. 잎에 묻어 있는 가루는 먼지일까. 잎들은 지상에 머무르는 시간의 무게를 견디지 못하겠다는 듯 바람에 날려 흔들린다. 손바닥을 맞대고 비벼대면서.

인간은 언제나 축축하고 어두운 수풀 아래를 지난다. 말없이, 무릎을 굽히고, 몸을 구부정하게 숙이며. 길거리

を曲げて、ひどい前かがみになつて。街路はしづまりか
へり犬は生籬沿ひにうろつきまはつてゐる。家は入口
をあけはなして地面に定着してゐる。スレエトが午後
の黒い太陽のやうに汗ばんでゐる。私はそれらのもの
をぼんやり見てゐる。私は非常に不安でたまらない。そ
れは私の全く知らないものに変形してゐるから。そして
悪い夢にでもなやまされてゐるやうに空の底の方へし
つかりとへばりついてゐる。ただ樹木だけがそれらのも
のから生気を奪つて成長してゐる。私からすでに去つ
た街。私が外を眺めてゐる間に、目に見えないものが私
の肉体に住み、端から少しづつおかしてゐるやうに思
はれる。私は幾度もふりむいた。私は手をあげてゐるの
に、指は着物のはしを摑んでわづかに痙攣してゐた。何
がこんなに私の頭をおしつけ重苦しくするのだらうか。
どこかでクレエンが昇つたり降りたりしてゐる。木の
葉を満載して。

　目が覚めると木の葉が非常な勢でふえてゐた。こぼ
れるばかりに。窓から新聞紙が投げ込まれた。青色に印
刷されてゐるので私は驚いた。私は読むことが出来な
い。触れるとざらざらしてゐた。私はこの季節になると
眼が悪くなる。すつかり充血して、瞼がはれあがる。少

는 쥐 죽은 듯 조용하고 개는 산울타리를 따라 서성인다. 집은 문을 활짝 열어놓고 지면에 정착했다. 슬레이트가 오후의 검은 태양처럼 땀을 흘리고 있다. 나는 그것들을 멍하니 보고 있다. 나는 너무 불안하여 견딜 수가 없다. 그것이 내가 전혀 알지 못하는 모습으로 변형되었기에. 그리고 나쁜 꿈이라도 꾸듯이 하늘 밑바닥에 착 달라붙어 있다. 오직 수목만이 그것들로부터 생기를 빼앗아 성장한다. 이미 나에게서 떠나간 거리. 내가 밖을 내다보는 동안, 눈에 보이지 않는 것이 나의 육체에 살고, 가장자리에서부터 조금씩 침범해 들어오는 것만 같다. 나는 몇 번이나 뒤돌아보았다. 나는 손을 들고 있는데도, 손가락은 옷자락 끝을 쥔 채 살짝 떨리고 있었다. 무엇이 내 머리를 이토록 짓눌러 괴롭히는가. 어디선가 크레인이 오르락내리락하고 있다. 나뭇잎을 가득 싣고서.

눈을 떠보니 나뭇잎이 놀라운 속도로 늘어나고 있었다. 넘쳐흐를 것처럼. 창문으로 신문지가 날아들었다. 파란색으로 인쇄되어 있어서 깜짝 놀랐다. 나는 읽을 수가 없었다. 만지니 까슬까슬했다. 이 계절이 되면 나는 눈이 나빠진다. 충혈되어 눈꺼풀이 부어오른다. 어린 시절의 기차 통학. 벼랑과 벼랑 사이 풀숲과 삼림지대가 객실로 들어왔다. 양쪽의 유리에 옮겨붙는 밝은 녹색 불길로 우

女の頃の汽車通学。崖と崖の草叢や森林地帯が車内に入つて来る。両側の硝子に燃えうつる明緑の焰で私たちの眼球と手が真青に染まる。乗客の顔が一せいに崩れる。濃い部分と薄い部分に分れて、べつとりと窓辺に残こされた。草で出来てゐる壁に凭りかかつて私たちは教科書をひざの上で開いたまま何もしなかつた。私は窓から唾をした。丁度その時のやうに私はいま、立つたり座つたりしてゐる。眼科医が一枚の皮膚の上からただれた眼を覗いた。メスと鋏。コカイン注射。私はそれらが遠くから私を刺戟する快さを感ずる。医師は私のうすい網膜から青い部分だけを取り去つてくれるにちがひない。そうすれば私はもつと生々として挨拶することも真直に道を歩くことも出来るのだ。

　杖で一つづつ床を叩く音がする。空家のやうに荒れてゐる家の中に退屈な淋しさである。階段を昇つてゆく盲人であらう。この古い家屋はどこかゆるんでゐるやうな板のきしむ音がする。孤独を楽しんでゐるかのやうに見える老人。いつも微笑してゐる顔。絶望も卑屈もそこにはなかつた。そして私は昨日見た。窓のそばの明るみで何か教へるやうな手つきをしてゐる彼を。（盲人は常に何かを探してゐる）彼の葉脈のやうな手のうへには

리의 안구와 손이 새파랗게 물들었다. 승객들의 얼굴이 한꺼번에 무너졌다. 짙은 부분과 옅은 부분으로 나뉘어, 덕지덕지 창가에 남겨졌다. 풀로 만든 벽에 기대어 우리는 교과서를 무릎 위에 펼친 채 아무것도 하지 않았다. 나는 창밖으로 침을 뱉었다. 꼭 그때처럼 나는 지금, 서 있거나 앉아 있다. 안과 의사가 한 겹의 피부 위에서 짓무른 눈을 들여다보았다. 메스와 가위. 코카인 주사. 나는 멀리서 그것들이 나를 자극하는 쾌감을 느낀다. 의사는 나의 얇은 망막에서 푸른 부분만을 떼어내리라. 그렇게 된다면 나는 더욱 활기차게 인사할 수도 있고 정직하게 길을 걸을 수도 있다.

지팡이로 하나하나 바닥을 두드리는 소리가 난다. 빈 집처럼 황폐한 집 안이 무료하고 쓸쓸하다. 계단을 오르는 시각장애인이리라. 이 낡은 가옥은 어딘가 느슨해진 것처럼 마룻바닥에서 삐걱대는 소리가 난다. 고독을 즐기는 듯 보이는 노인. 늘 미소 짓고 있는 얼굴. 절망도 비굴도 거기에는 없었다. 그리고 나는 어제 보았다. 밝은 창문 옆에서 무언가 가르치는 듯한 손놀림을 하는 그 남자를. (시각장애인은 항상 무언가를 찾고 있다) 남자의 잎맥과 같은 손놀림에는 무수히 많은 파란 벌레가 있었다. 나는 그때, 유리창에 흔들리는 어린잎이 아름답다

無数の青虫がゐた。私はその時、硝子に若葉のゆれるの
を美しいと思つた。

　六月の空は動いてゐない。憂欝なまでに生ひ茂つて
ゐる植物の影に蔽はれて。これらの生物の呼吸が煙の
やうに谷間から這ひあがり丘の方へ流れる。茂みを押
分けて進むとまた別な新しい地肌があるやうに思はれ
る。毎日朝から洪水のやうに緑がおしよせて来てバルコ
ンにあふれる。海のあをさと草の匂をはこんで息づまる
やうだ。風が葉裏を返して走るたびに波のやうにざわ
めく。果樹園は林檎の花ざかり。鮮やかに空を限つて咲
いてゐる。

　私はミドリといふ名の少年を知つてゐた。庭から道
端に枝をのばしてゐる杏の花のやうにずい分ひ弱い感
じがした。彼は隔離病室から出て来たばかりであつたか
ら。彼の新しい普段着の紺の匂が眼にしみる。突然私の
目前をかすめた。彼はうす暗い果樹園へ駈けだしてゐ
るのである。叫び聲をたてて。それは動物の聲のやうな
震動を周囲にあたへた。白く素足が宙に浮いて少年は
遂に帰つてこなかつた。

고 생각했다.

6월의 하늘은 움직이지 않는다. 우울할 정도로 우거진 식물의 그림자에 뒤덮여 있을 뿐. 이 생물들의 호흡이 연기처럼 계곡을 기어올라 언덕으로 흐른다. 수풀을 헤치고 나아가면 또 다른 새 대지가 있을 것만 같다. 매일 아침 홍수가 나듯이 녹색이 밀려와 발코니에 흘러넘친다. 바다의 푸름과 향긋한 풀 냄새를 실어와 숨 막히는 듯하다. 바람이 잎을 뒤집고 달릴 때마다 파도처럼 웅성거린다. 과수원은 사과 꽃이 한창이다. 하늘을 선명하게 가르며 피어 있다.

나는 미도리¹라는 이름의 소년을 알고 있었다. 뜰에서 길가로 가지를 뻗은 살구꽃처럼 무척 연약한 느낌이었다. 격리 병실에서 막 나온 참이었으니. 소년의 감색 새 옷에서 나던 냄새가 눈에 선하다. 돌연 내 눈앞을 스쳐 갔다. 소년은 어둑한 과수원으로 달려가고 있었다. 고함을 지르며. 그것은 주위에 동물 소리와 같은 진동을 퍼뜨렸다. 흰 맨발이 허공에 뜬 채 소년은 끝내 돌아오지 않았다.

---

1 초록이라는 뜻.

プロムナアド

季節は手袋をはめかへ

舗道を埋める花びらの

薄れ日の

午後三時

白と黒とのスクリイン

瞳は雲に蔽はれて

프롬나드

계절은 장갑을 바꿔 끼고

보도를 가득 메운 꽃잎

햇살이 미약한

오후 세 시

흑과 백의 스크린

눈동자는 구름에 가리웠네

単純なる風景

酔ひどれびとのやうに
揺れ動く雲の建物。

あの天空を走つてゐる
古い庭に住む太陽を私は羨む。

二頭の闘牛よ！
角の下で、日光は血潮のやうに流れる。

其処では或ものは金ピカの衣服をつけ
或ものは風のやうに青い。

その領土は時として
単純なる魂の墓場にすぎない。

昼間は空虚であるために、
もはや花びらは萎んで。

단순한 풍경

곤드레만드레 취한 사람처럼
요동치는 구름의 건물.

한없이 드넓은 하늘을 달리는
오래된 정원에 사는 태양이 나는 부럽다.

두 마리 투우여!
뿔 아래로, 햇빛이 핏물처럼 흐른다.

거기에서 어떤 이는 금빛으로 번쩍이는 의복을 입고
어떤 이는 바람처럼 파랗다.

그 영토는 때때로
그저 영혼의 무덤에 불과하다.

낮은 공허하기에,
꽃잎은 이미 시들고.

，

それから夜だ。

人人は家の中にゐる。

困惑と恐怖におののき

無限から吹きよせて来る闇。

また種子どもは世界のすみずみに輝く。

恰も詩人が詩をまくやうに。

＞

그리하여 밤이다.

사람들은 집 안에 있다.

곤혹과 공포에 전율하여

무한에서 불어오는 어둠.

다시 씨앗들이 세계 구석구석에서 빛난다.

그야말로 시인이 시를 뿌리듯이.

葡萄の汚点

　雲に蔽はれた眼が午後の揺り椅子の中で空中を飛ぶ
黒い斑点を見てゐる。

　歯型を残して、葉に充ちた枝がおごそかに空にのぼ
る。

　かつて私の眼瞼の暗がりをかすめた、茎のない花が、

　いまもなほ北国の歪んだ路を埋めてゐるのだらうか。

　秋が粉砕する純粋な思惟と影。

　私の肉体は庭の隅で静かにそれらを踏みつけな
がら、

　滅びるものの行方を眺めてゐる。

　樹の下で旋廻する翼がその無力な棺となるのを。

　押しつぶされた葡萄の汁が

　空気を染め、闇は空気に濡らされる。

　蒼白い夕暮時に佇んで

　人々は重さうに心臓を乾してゐる。

포도의 오점

구름에 가린 눈동자가 오후의 흔들의자에서 공중을
나는 검은 반점을 보고 있다.

잇자국 난, 잎으로 가득한 가지가 엄숙하게 하늘에
오른다.

일찍이 내 어둑한 눈꺼풀을 스쳐 간, 줄기 없는 꽃이,

지금도 북쪽 나라의 일그러진 길을 메우고 있을까.

가을이 분쇄하는 순수한 사유와 그림자.

나의 육체는 정원 구석에서 조용히 그것들을 짓밟
으며,

멸망하는 것들의 행방을 지켜보고 있다.

나무 아래 선회하는 날개가 무력한 관이 되는 모습을.

찌부러진 포도의 즙이

공기를 물들이고, 어둠은 공기에 젖는다.

창백한 황혼 녘에 서성이며

사람들은 무거운 듯 심장을 말리고 있다.

會話

——重いリズムの下積になつてゐる季節のために神の手はあげられるのだらう。起伏する波の這ひだして来る沿線は塩の花が咲いてゐる。すべてのものの生命の律動を渇望する古風な鍵盤はそのほこりだらけの指で太陽の熱した時間を待つてゐる。

——夢は夢を見る者にだけ残せ。草の間で陽炎はその緑色の触毛をなびかせ、毀れ易い影を守つてゐる。またマドリガルの紫の煙は空をくもり硝子にする。

——木の芽の破れる音がする。大いなる歓喜の甘美なる果実。人の網膜を叩く歩調の流れ。

——真暗な墓石の下で、すでに大地の一部となり喪失せる華麗な不在者が現実と花苑を乱す時刻を知りたいのだ。

——

——不滅の深淵をころがりながら、幾度も目覚める者に鬨聲をつくりその音が私を生み、その光が私を射る。

대화

——무거운 리듬 아래 깔려 있는 계절을 위해 신은 손을 들리라. 일렁이는 파도가 기어 나오는 해안선에는 소금 꽃이 피었다. 세상 모든 생명의 율동을 갈망하는 고풍스러운 건반은 먼지투성이 손가락으로 태양의 뜨거운 시간을 기다리고 있다.

——꿈은 꿈꾸는 자를 위해 남겨두어라. 풀 틈에서 아지랑이가 녹색 촉모를 휘날리며, 부서지기 쉬운 그림자를 보호한다. 또 마드리갈의 보랏빛 연기로 인해 하늘은 흐린 유리가 된다.

——나무 싹이 찢기는 소리가 난다. 큰 환희의 감미로운 과실. 사람의 망막을 두드리는 발걸음의 흐름.

——암흑의 묘석 아래, 이미 대지의 일부가 되어 떠난 화려한 부재자가 현실과 화원을 헝크는 때를 알고 싶다.

——

——불멸의 심연을 굴러가며, 수차례 깨어나는 자에게 함성을 만들어 그 소리가 나를 낳고, 그 빛이 나를 쏜다.

この天の饗宴を迎へるべくホテルのロビイはサフランで埋められてゐる。

이 천상의 향연을 맞이하기 위하여 호텔 로비는 사프란으로 채워져 있다.

断片

雲の軍帽をかぶつた青い士官の一隊がならんでゐる。

無限の穴より夜の首を切り落す。

空と樹木は重り合つて争つてゐるやうに見える。

アンテナはその上を横ぎつて走る。

花びらは空間に浮いてゐるのだろうか？

正午、二頭の太陽は闘技場をかけのぼる。

まもなく赤くさびた夏の感情は私らの恋も断つだらう。

단편

구름의 군모를 쓴 푸른 장교 한 무리가 줄지어 있다.

무한한 구멍에서 밤의 목을 벤다.

하늘과 나무는 서로 포개져 다투고 있는 것처럼 보인다.

안테나가 그 위를 가로질러 달린다.

꽃잎은 공간에 떠 있는 것일까?

정오, 두 마리 태양이 투우장을 뛰어오른다.

붉게 녹슨 여름의 감정은 곧 우리의 사랑도 끊어버리리라.

夏のをはり

　八月はやく葉らは死んでしまひ

　焦げた丘を太陽が這つてゐる

　そこは自然のテンポが樹木の会話をたすけるだけ
なのに

　都会では忘れられてゐた音響が波の色彩と形を考へる

　いつものやうに牧場は星が咲いてゐる

　牝牛がその群がりの中をアアチのかたちにたべてゆく

　凍つた港からやつて来るだらう見えない季節が

　しかもすべての人の一日が終らうとしてゐる

여름의 끝

8월의 초입에 잎들은 죽고

다 타버린 언덕을 태양이 기어간다

그곳은 자연의 템포가 수목의 대화를 도울 뿐인데

도시에서는 잊힌 음향이 파도의 색채와 형태를 생각

한다

언제나처럼 목장에는 별이 피어 있다

암소가 별 무리를 아치 모양으로 먹어간다

얼어붙은 항구에서 찾아오는 보이지 않는 계절이

모든 사람의 하루가 끝나가고 있다

雲のかたち

銀色の波のアアチをおしあけ
行列の人々がとほる。

くだけた記憶が石と木と星の上に
かがやいてゐる。

皺だらけのカアテンが窓のそばで
集められそして引き裂かれる。

大理石の街がつくる放射光線の中を
ゆれてゆく一つの花環。

毎日、葉のやうな細い指先が
地図をかいてゐる。

구름의 형태

은빛 물결 아치를 밀어젖히며
사람들의 행렬이 지나간다.

부서졌던 기억이 돌과 나무와 별 위에
빛나고 있다.

주름진 커튼이 창문 옆으로
모였다가 잡아 뜯긴다.

대리석 거리가 만드는 방사광선 속을
흔들리며 나아가는 하나의 화환.

매일, 잎처럼 가느다란 손끝이
지도를 그리고 있다.

Finale

　老人が脊後で　われた心臓と太陽を歌ふ

　その反響はうすいエボナイトの壁につきあたつて

いつまでもをはることはないだらう

　蜜蜂がゆたかな茴香の花粉にうもれてゐた

　夏はもう近くにはゐなかつた

　森の奥で樹が倒される

　衰へた時が最初は早く　やがて緩やかに過ぎてゆく

　おくれないやうにと

　枯れた野原を褐色の足跡をのこし

　全く地上の婚礼は終つた

Finale

노인이 등 뒤에서　부서진 심장과 태양을 노래한다

그 울림은 얇은 에보나이트 벽에 부딪혀　언제까지

나 끝나지 않으리라

꿀벌이 회향풀 꽃가루에 파묻혀 있었다

여름은 이미 멀어져 있었다

깊은 숲속에서 나무가 쓰러진다

쇠퇴기가 처음은 빠르게　이윽고 완만히 접어든다

늦지 않으려는 듯이

마른 들판에 갈색 발자국을 남기며

지상의 혼례는 끝났다

III

眠つてゐる

　髪の毛をほぐすところの風が茂みの中を駈け降りる時焔となる。

　彼女は不似合な金の環をもつてくる。

　まはしながらまはしながら空中に放擲する。

　凡ての物質的な障碍、人は植物らがさうであるやうにそれを全身で把握し征服し跳ねあがることを欲した。

　併し寺院では鐘がならない。

　なぜならば彼らは青い血脈をむきだしてゐた、脊部は夜であつたから。

　私はちよつとの間空の奥で庭園の枯れるのを見た。

　葉からはなれる樹木、思ひ出がすてられる如く。あの茂みはすでにない。

　日は長く、朽ちてゆく生命たちが真紅に凹地を埋める。

　それから秋が足元でたちあがる。

잠들어 있다

머리칼을 풀 때 이는 바람은 수풀 속으로 내달리며 불꽃이 된다.

여자는 어울리지 않게 금으로 된 굴렁쇠를 가지고 온다.

빙빙 돌리다 공중으로 내던진다.

모든 물질적 장애, 인간은 식물들이 그러하듯 온몸으로 파악하고 정복하여 뛰어오르기를 욕망했다.

그러나 사찰에서는 종이 울리지 않는다.

왜냐하면 그들은 푸른 혈맥을 훤히 드러내고 있었고, 등허리는 밤이었기에.

나는 먼 하늘 정원이 잠깐 사이에 시드는 것을 보았다.

추억이 버려지듯이, 잎사귀에서 멀어지는 나무. 그 덤불은 이미 없다.

날은 길고, 썩어가는 생명들이 시뻘겋게 파인 땅을 메운다.

그리하여 가을이 발밑에서 일어선다.

秋の写真

突然電話が来たので村人は驚きました。

ではどこかへ移住しなければならないのですか。

村長さんはあわてて青い上着を脱ぎました。

やはりお母さんの小遣簿はたしかだつたのです。

　さやうなら青い村よ！夏は川のやうにまたあの人た
ちを追ひかけてゆきました。

　たれもいないステーシヨンヘ赤いシヤツポの雄鶏
が下車しました。

가을 사진

갑자기 걸려 온 전화에 마을 사람들은 놀랐습니다.

그렇다면 어디론가 이주해야 하나요.

마을 이장이 황급히 푸른 상의를 벗었습니다.

역시 어머니의 가계부는 정확했습니다.

안녕 푸른 마을이여! 여름은 강물처럼 다시 그 사람들을 따라 흘러갔습니다.

아무도 없는 역에 붉은 볏을 단 암탉이 하차했습니다.

墜ちる海

　赤い騒擾が起る

　夕方には太陽は海と共に死んでしまふ。そのあとを
衣服が流れ波は捕へることが出来ない。

　私の眼のそばから海は青い道をつくる。その下には
無数の華麗な死骸が埋つてゐる。疲れた女達の一群の
消滅。足跡をあわててかくす船がある

　そこには何も住んでゐない。

낙하하는 바다

붉은 소요가 인다

저녁이면 태양은 바다와 함께 죽는다. 그 뒤를 따라 옷이 흐르지만 파도는 잡을 수 없다.

내 눈 옆에서 바다가 푸른 길을 만든다. 그 아래 화려한 시체가 무수히 묻혀 있다. 한 무리 지친 여자들의 소멸. 서둘러 발자국을 숨기는 배가 있다

그곳에는 무엇도 살지 않는다.

太陽の娘

白い肉体が

熱風に渦巻ながら

刈りとられた闇にひざまづく

日光と快楽に倦んだ獣どもが

夜の代用物に向つて吠えたてる

そこにはダンテの地獄はないのだから

古い楽器はなりやんだ

雪はギヤマンの鏡の中で

カアヴする

その翅を光のやうにひろげる

ヴエルは

破れた空中の音楽をかくす

聲のない季節は

どちらの岸で

青春と光栄に輝くのか

태양의 딸

하얀 육체가

열풍에 소용돌이치며

깎여나간 어둠에 무릎을 꿇는다

햇빛과 쾌락에 지친 짐승들이

밤의 대용물을 향해 으르렁거린다

그곳에는 단테의 지옥이 없기에

오래된 악기는 소리가 멎었다

눈이 유리 세공 거울 속에서

커브한다

빛처럼 날개를 펼친

베일은

부서진 공중의 음악을 감춘다

목소리 없는 계절은

어느 기슭에서

청춘과 영광에 빛날 것인가

死の髭

　料理人が青空を握る。四本の指跡がついて、

　—— 次第に鶏が血をながす。ここでも太陽はつぶれて
ゐる。

　たづねてくる青服の空の看守。

　日光が駆け脚でゆくのを聞く。

　彼らは生命よりながい夢を牢獄の中で守つてゐる。

　刺繍の裏のやうな外の世界に触れるために一匹の蛾
となつて窓に突きあたる。

　死の長い巻鬚が一日だけしめつけるのをやめるなら
ば私らは奇蹟の上で跳びあがる。

　死は私の殻を脱ぐ。

죽음의 수염

요리사가 푸른 하늘을 움켜쥔다. 손가락 자국 네 개가 남고,

── 닭이 차츰 피를 흘린다. 태양은 찌부러졌다.

푸른 옷을 입은 하늘의 간수가 찾아온다.

햇살이 달려가는 발소리를 듣는다.

그들은 감옥 안에서 생명보다 긴 꿈을 지키고 있다.

자수의 뒷면 같은 바깥 세계에 닿기 위하여 한 마리 거미가 되어 창에 부딪힌다.

죽음의 기다란 덩굴손이 하루만 조르기를 멈춘다면 우리는 기적 위로 뛰어오르리라.

죽음은 나의 허물을 벗긴다.

他の一つのもの

アスパラガスの茂みが

午後のよごれた太陽の中へ飛び込む

硝子で切りとられる茎

青い血が窓を流れた

その向ふ側で

ゼンマイをまく音がする

그 밖의 다른 것

우거진 아스파라거스가

지저분한 오후의 태양 속으로 뛰어든다

유리로 잘라낸 줄기

창문에 푸른 피가 흘렀다

그 맞은편에서

고비를 뿌리는 소리가 난다

季節のモノクル

病んで黄熟した秋は窓硝子をよろめくアラビヤ文字。

すべての時は此處を行つたり来たりして、

彼らの虚栄心と音響をはこぶ。

雲が雄鶏の思想や雁来紅を燃やしてゐる。

鍵盤のうへを指は空気を弾く。

音楽は慟哭へとひびいてさまよふ。

またいろ褪せて一日が残され、

死の一群が停滞してゐる。

계절의 모노클

병들어 누렇게 익은 가을은 창에 일렁이는 아라비아
문자.

모든 때는 이곳을 오가며,

그들의 허영심과 음향을 운반한다.

구름이 수탉의 사상과 색비름을 불태운다.

손가락은 건반 위 공기를 튕긴다.

음악은 통곡으로 울려 퍼지며 헤맨다.

다시 빛바랜 하루가 남고,

한 무리의 죽음이 정체되어 있다.

神秘

　ゴルフリンクでは黄金のデリシアスがころがる。地殻に触れることを避けてゐる如く、彼らは旋廻しつつ飛び込む。空間は彼らの方向へ駈け出し、或は風は群になつて騒ぐ。切断面の青。浮びあがる葉脈のやうな手。かつて夢は夜の周囲をまはつてゐたやうに、人々の希望は土壌となつて道ばたにつみあげられるだらう。影は乱れ、草は乾く。蝶は二枚の花びらである。朝に向つて咲き、空白の地上を埋めてゆく。私らは一日のためにどんな予測もゆるされない。樹木はさうであるやうに。そして空はすべての窓飾であつた。カアテンを引くと濃い液体が水のやうにほとばしり出る。

　あ、また男らは眩暈する。

신비

골프장에 황금색 사과가 굴러간다. 마치 지면에 닿기를 거부하듯이, 빙글빙글 돌며 몸을 날린다. 공간은 그들을 향하여 달리고, 바람은 무리를 지어 소란스럽다. 푸른 절단면. 가만히 떠오르는 잎맥과 같은 손. 일찍이 꿈이 밤의 주변을 돌듯, 인간의 희망은 토양이 되어 길가에 쌓이어 가리라. 그림자가 흐트러지고, 풀이 마른다. 나비는 두 장의 꽃잎이다. 아침을 향해 피어, 공백의 지상을 메워나간다. 우리에게 하루를 위해 허락된 예측은 없다. 마치 수목이 그러하듯이. 그리고 하늘은 세상 모든 창문에 꾸민 장식이었다. 커튼을 치면 짙은 액체가 물처럼 뿜어져 나온다.

아, 남자들은 또 아찔하다.

鐘のなる日

終日

ふみにじられる落葉のうめくのをきく

人生の午後がさうである如く

すでに消え去つた時刻を告げる

かねの音が

ひときれひときれと

樹木の身をけづりとるときのやうに

そしてそこにはもはや時は無いのだから。

종이 울리는 날

온종일
짓밟히는 낙엽이 신음하는 소리를 듣는다
인생의 오후가 그러하듯이
이미 지나간 시각을 알린다
종소리가
한 토막 한 토막
나무의 살을 발라낼 때처럼
더는 그곳에 시간이 존재하지 않으므로.

蛋白石

入口の前でたちどまり
窓を覗きこんでは
いくたびもふりかへりながら
帰つてゆく黄昏。
川のそばでは緩慢なワルツを奏でる。
木靴の音が壁を叩いてゐる。
しめつた空気が頬をながれ
水溜を雲がわたる。

私の視力はとまつてしまひさうだ。

오팔

입구 앞에 멈추어 서서
창을 들여다보더니
몇 번이고 뒤돌아보며
저물어 가는 황혼.
강가에서는 느긋한 왈츠를 연주한다.
나막신 소리가 벽을 두드린다.
축축한 공기가 뺨을 흐르고
물웅덩이에 구름이 건너간다.

나의 시력은 멎어버릴 듯하다.

黒い空気

　夕暮が遠くで太陽の舌を切る。

　水の中では空の街々が笑ふことをやめる。

　総ての影が樹の上から降りて来て私をとりまく。林や窓硝子は女のやうに青ざめる。夜は完全にひろがつた。乗合自動車は焔をのせて公園を横切る。

　その時私の感情は街中を踊りまはる

　悲しみを追ひ出すまで。

검은 공기

황혼이 멀리서 태양의 혀를 자른다.

물속에서는 하늘의 거리들이 웃음을 멈춘다.

모든 그림자가 나무 위에서 내려와 나를 에워싼다. 수
풀과 유리창은 여자처럼 핼쑥하다. 밤은 완연히 번져갔
다. 승합차가 불꽃을 태우고 공원을 가로지른다.

그때 나의 감정은 거리를 누비며 춤을 추었다

슬픔을 떨쳐낼 때까지.

錆びたナイフ

　青白い夕ぐれが窓をよぢのぼる。

　ランプが女の首のやうに空から釣り下がる。

　どす黒い空気が部屋を充たす——一枚の毛布を拡げて
ゐる。

　書物とインキと錆びたナイフは私から少しづつ生命
を奪ひ去るように思はれる。

　すべてのものが嘲笑してゐる時、

　夜はすでに私の手の中にゐた。

녹슨 나이프

창백한 황혼이 창문을 기어오른다.

램프가 여자의 목처럼 하늘에 매달려 있다.

거무칙칙한 공기가 방을 가득 채운다 —— 한 장의 담
요를 펼친다.

책과 잉크와 녹슨 나이프는 나에게서 조금씩 생명을
앗아가는 듯하다.

세상 모두가 비웃을 때,

밤은 이미 내 손 안에 있었다.

IV

出発

夜の口が開く。森や時計台が吐き出される。

太陽は立上つて青い硝子の路を走る。

街は音楽の一片に自動車やスカァツに切り鋏まれて飾窓の中へ飛び込む。

果物屋は朝を匂はす。

太陽はそこでも青色に数をます。

人々は空に輪を投げる。

太陽等を捕えるために。

출발

밤의 입이 열린다. 숲과 시계탑을 토해낸다.

태양이 일어나 푸른 유리의 길을 달린다.

마을은 음악의 파편에 자동차와 스커트에 삭둑삭둑
잘려 쇼윈도 안으로 달려든다.

과일 가게는 아침 냄새를 풍긴다.

태양은 거기에도 푸른색을 늘려간다.

사람들은 하늘에 고리를 던진다.

태양 따위를 잡기 위하여.

雪が降つてゐる

　私達の階上の舞踊会‼

　いたづらな天使等が入り乱れてステツプを踏む其処から死のやうに白い雪の破片が落ちて来る。

　死は柊の葉の間にゐる。屋根裏を静かに這つてゐる。私の指をかじつてゐる。気づかはしさうに。そして夜十二時 ── 硝子屋の店先ではまつ白い脊部をむけて倒れる。

　古びた恋と時間は埋められ、地上は貪つてゐる。

눈이 내린다

우리의 위층 무도회!!

장난꾸러기 천사들이 뒤엉켜 스텝을 밟는 곳에서 죽음처럼 흰 눈의 파편이 떨어져 내린다.

죽음은 호랑가시나무 잎 사이에 있다. 다락을 조용히 기어 다닌다. 내 손톱을 갉아댄다. 걱정스러운 듯이. 그리고 밤 열두 시—— 유리 가게 앞에서 새하얀 등을 보이며 쓰러진다.

고풍스러운 사랑과 시간은 파묻히고, 지상은 욕망한다.

雪の日

毎日蝶がとんでゐる。

窓硝子の花模様をかきむしつては

あなたの胸の上にひろがる

パラソルへあつまつてゆく。

すぎ去る時に白くうつつて

　追ひかけても　　追ひかけても

　遠い道である。

눈 내리는 날

매일 나비가 난다.

유리창 꽃무늬를 쥐어뜯고는

당신 가슴 위에 펼쳐진

파라솔로 모여든다.

지나갈 때 하얗게 비쳤다가

쫓아도　쫓아도

먼 길이다.

山脈

遠い峯は風のやうにゆらいでゐる

ふもとの果樹園は真白に開花してゐた

冬のままの山肌は

朝毎に絹を拡げたやうに美しい

私の瞳の中を音をたてて水が流れる

ありがたうございますと

私は見えないものに向かつて拝みたい

誰れも聞いてはゐない 免しはしないのだ

山鳩が貰ひ泣きをしては

私の声を返してくれるのか

雪が消えて

谷間は石楠花や紅百合が咲き

緑の木蔭をつくるだらう

刺草の中にもおそい夏はひそんで

私たちの胸にどんなにか

華麗な焔が環を描く

산맥

먼 봉우리가 바람결에 흔들린다

산기슭 과수원에는 새하얀 꽃이 피었다

여전히 겨울인 산맥은

아침마다 비단을 펼친 것처럼 아름답고

나의 눈동자 속에서 졸졸졸 물이 흐른다

고맙습니다 하고

나는 보이지 않는 것을 향하여 절하고 싶다

아무도 듣고 있지 않다 용서하지 않는 것이다

산비둘기가 덩달아 운다

내 목소리를 돌려주려는 것일까

눈이 녹고

골짜기에는 철쭉과 붉은 백합이 피고

푸른 나무 그늘이 우거지리라

쐐기풀 속에도 늦여름이 숨어

우리의 가슴에 내내

화려한 불꽃이 원을 그린다

冬の肖像

　北国の陸地はいま懶くそして疲れてゐる。山や街は雪に埋められ、目覚めようともしないで静かな鈍い光の中でゆつくりと、ゆつくりと次第に眠りを深めてゐる。空と地上は灰色に塗りつぶされて幾日も曇天が続く。太陽が雲の中へうまつてゐる間は雪そのものが発するやうに思はれる弱い光──輝きの失せた、妙に冷たくおとろへた光が這ふやうにして窓硝子を通つて机の上の一冊の本に注いでゐる。ところどころ斑点をつけた影をつくりながら震へてゐる。同じ場處に落着かずにたえずいらいらして文字を拾つてゐるやうに見える。すべての影はぼんやりと消えさうな不安な様子をしてゐる。屋根の傾斜に沿つて雪が積り、雪でつくられた門の向ふに家がある。裸の林、長い間おき忘れてゐた道端の樹等は私達をむかへるために動かうとする一枚の葉をももつてゐない。ただ箒を並べたやうに枯れた枝は上へ上へと伸びてゐる。

　（躑躅、林檎、桃等が地肌から燃えたつやうに花を開い

겨울의 초상

북쪽 나라 육지는 지금 나른하게 지쳐 있다. 산과 마을은 눈으로 뒤덮여, 깨어날 생각 없이 차분하고 둔한 빛 속에서 천천히, 천천히 점점 더 깊은 잠에 빠진다. 하늘과 지상은 빈틈없이 잿빛으로 칠해져 며칠이나 흐린 날이 이어졌다. 태양이 구름 속에 파묻힌 동안에는 눈 자체가 발하는 듯한 연약한 빛——반짝임을 상실한, 묘하게 차갑고 쇠약해진 빛이 꿈틀대듯 유리창을 지나 책상 위 한 권의 책으로 쏟아진다. 여기저기 얼룩진 그림자를 이루며 흔들리고 있다. 같은 장소에서 안절부절 짜증을 내며 글자를 줍고 있는 것처럼 보인다. 모든 그림자가 희미하게 사라질 것만 같은 불안한 모습이다. 지붕의 경사면을 따라 눈이 쌓이고, 눈으로 만들어진 문 너머에 집이 있다. 벌거벗은 숲, 오랜 시간 버려진 길가의 나무들은 우리를 맞이하기 위해 움직일 만한 이파리 한 장도 갖고 있지 않다. 그저 빗자루를 늘어세운 것처럼 마른 나뭇가지가 위로 쭉 뻗어 있다.

(철쭉, 사과, 복숭아 등이 지면에서 타오르듯 꽃을 피

ては空気の中にあざやかに浮びあがる）（其處の垣根は
山吹の花で縁取られ、落葉松は細かに鋏んだ天鵞絨の葉
を緑に染めてゐる）さうしたものらが目を奪ふやうな
はなやかさで地面を彩つてゐたことを、厚く重り、うす
黒く汚れてゐる雪の中にゐて誰が思ひ出すだらう。遠
い世界の再びかへらぬ記憶として人々は保つてゐるの
に違ひない。そしてしまひには幾十年も住み馴れたや
うに思ひこんで自分のまはりにだけ輪を描いてゐるの
だ。丘を越えると飜つてゐる緑の街や明滅する広告塔
のあることにも気付かずに老いてしまふ。そのあとを
真白に雪がつもる。ひとたび雪に埋められた地上は起
き上る努力がどんなものか知つてゐるのだらうか？
総ては運動を停止し、暗闇の中でかすかに目をあけ、そ
してとぢる。鳥等は羽をひろげたまま、河は走ることを
やめてゐる。それは長い一日のやうに思はれた。雲が動
いてゐることを見出すだけでも喜びであつたから。終
日雪が降つてゐる。木から屋根へまつすぐに、或は吹き
流されて隣へ隣へと一方が降りだすと真似をしたやう
に次々伝染してゆくやうだ。空はひくく地上に拡つて、
遠くの海なりに調子を合せて上つたり下つたりしてゐ
るのだ。空を支へてゐる木たちがその重さに耐えられ

위 공기 중에 선명하게 떠오르고 있다) (그곳 울타리는 황매화로 둘러싸여 있고, 낙엽송은 가느다랗게 잘라낸 벨벳 이파리를 초록으로 물들인다) 이와 같이 시선을 빼앗는 화려한 것들로 채색된 땅에, 두껍게 쌓이고 쌓여, 거뭇하게 더럽혀진 눈 속에 있으면서 누가 생각날까. 사람들은 두 번 다시 갈 수 없는 머나먼 세계의 기억이라며 지키고 있는 게 분명하다. 그리고 나중에는 몇십 년 살아서 익숙해지기라도 한 것처럼 자기 주변에만 윤곽을 그린다. 언덕을 넘으면 초록빛 거리가 나부끼고 광고탑이 깜박인다는 사실도 모르고 늙어버린다. 그 위로 새하얀 눈이 쌓인다. 다시금 눈에 파묻힌 지상은 일어나려는 노력이 무엇인지 알고 있을까? 모든 것은 운동을 중지하고, 어둠 속에서 희미하게 눈을 뜨며, 그리고 닫힌다. 새들은 날개를 활짝 펼친 채 날아가고, 강은 달리기를 멈추었다. 그것은 긴 하루처럼 여겨졌다. 구름이 움직인다는 사실을 알아낸 것만으로도 기뻤으니까. 온종일 눈이 내린다. 나무에서 지붕으로 똑바로, 혹은 바람에 휩쓸려 한쪽이 자꾸만 옆으로 흘러내리면 흉내 내듯 차례차례 전염되는 것만 같다. 하늘은 낮게 지상에 펼쳐져, 멀리서 들려오는 천둥 같은 바다 소리에 박자를 맞추어 오르내리고 있다. 하늘을 떠받치는 나무들이 그 무게를 견디지

ないやうな時に雪が降るやうに思はれる。どんなに踏み分けて進んでも奥の方がわからない程降つてゐるので、そばを通る人も近くの山も消え去つてしまふ雪の日である。

時々空の破れめから太陽が顔を現しても日脚はゆつくりと追ひかけてでもゐるやうに枯れた雑木林を風のあとのやうに裏返しながら次第に色を深めてゐる。其處は夢の中の廊下のやうに白い道であつた。触れる度に両側の壁が崩れるやうな気がする。並木は影のやうに倒れかかつて。その路をゆく人影は私の父ではあるまいか。呼びとめても振り返へることのない脊姿であつた。夜目にも白く浮かんでゐる雪路、そこを辿るものは二度と帰ることをゆるされないやうに思はれる。幾人もの足跡を雪はすぐ消してしまふ。死がその辺にゐたのだ。人々の気付かぬうちに物かげに忍びよつては白い手を振る。深い足跡を残して死が通りすぎた。優しかつた人の死骸はどこに埋つてゐるのか。私達の失はれた幸福もどこかにかくされてゐる。朝、雪の積つた地上が美しいのはそのためであつた。私達の夢を掘るやうなシヤベルの音がする。

風であつたのか。戸を叩くやうな音で目覚める。カア

150

못할 때 눈이 내리는 것이리라. 아무리 헤치고 나아가도 속을 알 수 없을 만큼 눈이 내리므로, 곁을 지나가는 사람이나 가까운 산도 사라져 버리는 눈 내리는 날이다.

때때로 하늘 틈에서 태양이 얼굴을 드러내도 햇발은 천천히 쫓아가기라도 하듯이 마른 잡목림을 바람의 흔적처럼 뒤집으며 색이 차차 깊어간다. 그곳은 꿈속 복도처럼 흰 길이었다. 건드릴 때마다 양쪽 벽이 무너질 것 같다. 가로수는 그림자처럼 쓰러져 가고. 그 길을 걷는 사람의 그림자는 나의 아버지가 아닌가. 불러도 돌아보지 않고 등을 보이며 걷는다. 밤눈에도 하얗게 떠오른 눈길, 그곳을 지나간 사람은 두 번 다시 돌아오지 못할 것 같다. 눈은 금세 몇몇 사람들의 발자국을 지워버린다. 죽음이 그 근처에 있었던 것이다. 사람들이 깨닫지 못하는 사이에 몰래 다가와 하얀 손을 흔든다. 죽음은 짙은 발자국을 남기고 지나쳐 갔다. 상상했던 사람의 시체는 어디에 묻혔을까. 우리의 잃어버린 행복도 어딘가에 숨겨져 있다. 아침, 눈 덮인 지상이 아름다운 것은 그 때문이었다. 우리의 꿈을 파내는 것만 같은 삽 소리가 들린다.

바람이었구나. 문 두드리는 소리에 잠에서 깼다. 커튼을 열면 유리창이 하얀 무늬를 그리고, 그 너머로 격렬히 눈이 내리고 있다.

テンを開けると窓硝子が白い模様をつけて、その向ふではげしく雪が降つてゐる。

冬の詩(抄・合作)

6

樹々はおのがじし影を投げて

鞦韆の重い沈黙の振子を揺する

犬は沼にむかつて吠え

誰ひとり横切らぬ風景に消える

月光は憂愁の庭を埋め

頬に指をつけると氷のやう

見よ　見よ

死のやうに高貴な彌撒の時

いづくともなく夜の雪降り来り

ミルテの葉蔭に銀の沓をかくす。

겨울 시 (일부·합작)

6

나무들은 제각기 그림자를 던지며
그네의 무거운 침묵의 진자를 흔든다
개는 늪을 향해 짖고
누구 하나 가로지르지 않는 풍경으로 사라진다
달빛은 우수의 정원을 채우고
볼에 손가락을 대면 얼음 같다
보라 보라
죽음처럼 고귀한 미사의 시간
깊은 밤 곳곳에 눈발이 내리고
머틀 잎사귀 그늘에 은색 구두를 감춘다.

おかしの花

かつて海の胸に咲いた

併し今では殆ど色あせて

歳月がどこからかやつて来て

静かに滅んでゆくときとおなじく

すでにそれは見えない

少女らは指先きで波の穂をかきあつめる

空しいひびきをたてて

옛날 꽃

일찍이 바다의 가슴에 피었다

그러나 지금은 색이 바래고

어디선가 세월이 찾아와

조용히 스러져 갈 때와 마찬가지로

이미 그것은 보이지 않는다

여자아이들이 손끝으로 물마루를 그러모은다

공허한 소리를 내며

白と黒

　白い箭が走る。夜の鳥が射おとされ、私の瞳孔へ飛び
こむ。

　たえまなく無花果の眠りをさまたげる。

　沈黙は部屋の中に止まることを好む。

　彼らは燭台の影、拗られたプリムラの鉢、桃花心木の
椅子であつた。

　時と焔が絡みあつて、窓の周囲を滑走してゐるのを
私はみまもつてゐる。

　おお、けふも雨の中を顔の黒い男がやつて来て、私の
心の花苑をたたき乱して逃げる。

　長靴をはいて来る雨よ、

백과 흑

흰 화살이 날아간다. 밤의 새가 맞아, 나의 동공으로 날아든다.

쉴 새 없이 무화과의 잠을 방해한다.

침묵은 방 안에 머무르기를 좋아한다.

그들은 촛대의 그림자, 뽑힌 비단풀 화분, 마호가니 의자였다.

시간과 불꽃이 엉겨 붙어, 창문 주변을 미끄러져 달려가는 걸 나는 지켜보고 있다.

오오, 오늘도 얼굴이 까만 사내가 비를 뚫고 찾아와, 내 마음의 화원을 쳐부수고 달아난다.

장화를 신고 오는 비여,

夜どほし地上を踏み荒して行くのか。

›

밤마다 지상을 밟아 뭉개고 가는가.

毎年土をかぶらせてね

ものうげに跫音もたてず

いけがきの忍冬にすがりつき

道ばたにうづくまつてしまふ

おいぼれの冬よ

おまへの頭髪はかわいて

その上をあるいた人も

それらの人の思ひ出も死んでしまつた。

매년 흙을 덮어줘

나른하게 발소리도 내지 않고

산울타리 인동덩굴에 매달려

길가에 웅크리고 있는

늙어빠진 겨울아

너의 머리칼은 건조하고

그 위를 걷던 사람도

그 사람들의 추억도 죽어버렸다.

背部

よるが色彩を食らひ

花たばはまがひものの飾を失ふ

日は輝く魚の如き葉に落ち

このひからびた嘲笑ふべき絶望の外に

育くまれる無形の夢と樹を

卑賤な泥土のやうに跪き

切り倒された空間は

そのあしもとの雑草をくすぐる

煙草の脂で染つた指が

うごめく闇を愛撫する

そして人が進み出る

등

밤이 색채를 삼키고
꽃다발은 모조 장식품을 잃어버렸다
해는 빛나는 물고기처럼 잎사귀에 떨어지고
말라비틀어진 우스운 절망의 바깥에
자라나는 무형의 꿈과 나무를
비천한 진흙탕처럼 몸부림치다
잘려나간 공간은
그 발밑의 잡초를 간질인다
담뱃진으로 얼룩진 손가락이
꿈틀대는 어둠을 애무한다
그리고 인간이 나아간다

雪の門

　その家のまはりには人の古びた思惟がつみあげられ
てゐる
　——もはや墓石のやうに青ざめて
　夏は涼しく　冬には温い
　私は一時花が咲いたと思つた
　それはとしとつた雪のひとかたまりであつた

눈의 문

그 집 주변에는 인간의 낡은 사유가 쌓여 있다

── 마치 묘비처럼 핏기 없이

여름은 시원하고　겨울에는 따뜻하다

나는 문득 꽃이 핀 줄 알았다

그것은 나이 먹은 한 무리의 눈이었다

言葉

　母は歌ふやうに話した

　その昔話はいまでも私たちの胸のうへの氷を溶かす

　小さな音をたてて燃えてゐる冬の下方で海は膨れ

あがり　黄金の夢を打ちならし　夥しい独りごとを

沈める

　落葉に似た零落と虚偽がまもなく道を塞ぐことだらう

　昨日はもうない　人はただ疲れてゐる

　貶められ　歪められた風が遠くで雪をかはかす

　そのやうに此処では

　裏切られた言葉のみがはてしなく安逸をむさぼり

　最後の見知らぬ時刻を待つてゐる

언어

엄마는 노래하듯이 말했다

옛이야기는 지금도 우리 가슴에 낀 살얼음을 녹인
단다

작은 소리를 내며 타들어가는 겨울 아래서 바다가 부
풀어   황금의 꿈을 두드려 울리고   혼잣말을 잠재운다

낙엽을 닮은 영락과 허위가 조만간 길을 막으리라

어제는 이미 없다   사람들은 그저 지쳐 있다

멸시당하여   일그러진 바람이 멀리서 눈을 말린다

그리하여 이곳에서는

배신당한 언어만이 끝없이 안일을 탐하며

최후의 낯선 시각을 기다리고 있다

循環路

ほこりでよごされた垣根が続き

葉等は赤から黄に変る。

思出は記憶の道の上に堆積してゐる。白リンネルを
拡げてゐるやうに。

季節は四個の鍵をもち、階段から滑りおちる。再び入
口は閉ぢられる。

青樹の中はがらんどうだ。叩けば音がする。

夜がぬけ出してゐる時に。

その日、

空は少年の肌のやうに悲しい。

永遠は私達のあひだを切断する。

あの向ふに私はいくつもの映像を見失ふ。

순환로

먼지로 더럽혀진 울타리가 이어지고

이파리들은 빨강에서 노랑으로 변한다.

추억은 기억의 길 위에 쌓이어 있다. 마치 하얀 리넨

을 펼쳐둔 것처럼.

계절은 네 개의 열쇠를 들고, 계단에서 미끄러진다.

다시 입구가 닫힌다.

푸른 나무 안은 텅 비었다. 두드리면 소리가 난다.

밤이 빠져나가고 있을 때에.

그날,

하늘은 소년의 살결처럼 슬프다.

영원은 우리 사이를 갈라놓는다.

저 너머에서 나는 여러 개의 영상을 놓쳐버린다.

季節

晴れた日

馬は峠の道で煙草を一服吸ひたいと思ひました。

一針づつ雲を縫ひながら

鶯が啼いております。

それは自分に来ないで、自分を去つた幸福のやうに

かなしいひびきでありました。

深い緑の山々が静まりかへつて

行手をさへぎつてゐました。

彼はさびしいので一声たかく嘶きました。

枯草のやうに伸びた鬣が燃え

どこからか同じ叫びがきこえました。

今、馬はそば近く、温いものの気配を感じました。

そして遠い年月が一度に散つてしまふのを見ました。

계절

맑은 날

말은 고갯길에서 담배 한 대를 피우고 싶었습니다.

한 땀 한 땀 구름을 꿰며

휘파람새가 지저귑니다.

그것은 자기에게 오지 않고, 자기를 떠난 행복처럼

슬픈 울림이었습니다.

짙은 녹음으로 우거진 산들이 고요히

나아가려는 자의 앞길을 막습니다.

쓸쓸해진 그는 소리 높여 울었습니다.

마른 풀처럼 뺀은 갈기가 타오르고

어디선가 같은 외침이 들렸습니다.

말은 방금 근처에서, 따뜻한 기운을 느꼈습니다.

그리고 먼 세월이 한꺼번에 흩어지는 것을 보았습니다.

바다로 내달려 발광하라

1. 굉굉 우는 바다가 요람이었다

지금으로부터 110여 년 전, 일본 홋카이도의 작은 바닷가 마을에 한 여자아이가 태어났다. 마르고 병약한 몸으로, 아버지 얼굴을 알지 못한 채 사생아로 태어난 가와사키 아이. 열아홉 살에 사가와 치카라는 필명으로 전위적이고도 어둠과 광기의 에너지가 넘치는 시를 발표하여 일본 시단에서 첫 여성 모더니즘 시인의 등장으로 주목받았으나, 스물네 살의 나이에 병으로 요절한다. 이 번역 시집에는 길지 않은 창작 기간 동안 강렬한 발자취를 남긴 사가와 치카의 시들을 모았다.

요람이 굉굉 울린다
물보라가 치솟아
깃털을 쥐어뜯은 듯하다
잠이 돌아오기를 기다린다
음악이 밝은 시각을 알린다

나는 큰 소리로　호소하고

파도는 뒤이어 자취를 감춘다

나는 바다에 버려졌다

〈바다의 천사〉

　인간. 누구나 바다에 내던져진 이래, 발버둥 치며 살
아가는 존재. 대자연의 울림 속에 태어난 작은 생명에
게 천사라는 이름을 붙여 위로해 보지만, 인생의 거센
파고는 오롯이 혼자서 감내해야 한다. 치카의 시는 시
종일관 무언가를 향해 몸부림치며, 잠을 잊은 파도처럼
한시도 가만히 있지 못하고 출렁거린다. 마치 시인의
유년 시절에 요동치던 홋카이도의 거친 바다처럼.

　10년 전쯤 일이다. 나는 성냥갑 같은 자동차 한 대를
빌려 타고, 오타루에서 치카의 고향 요이치를 지나 샤
코탄 반도에 이르는 홋카이도 서남쪽 해안 도로인 라이
덴 국도를 달린 적이 있다('라이덴'이 천둥과 번개를 뜻
하는 '雷電'이라는 점은 그 해안 도로의 성격을 상징하는
듯하다). 짙푸른 절벽 아래로 어두운 바다가 무섭게 파
도치는 해안 도로를 반나절 내내 달리며, 웅장한 대자
연이 내 안에 물결치도록 놔두었다. 그 바다가 시인의

요람이었다. 꿍꿍 울리는 요람이었다. 치카는 요동치는 물보라를 덮고 잠이 드는 아이였다.

오래전 그곳에서 고래잡이가 성행했을 때, 죽은 고래를 끌고 가기 위해 뚫은 터널을 그대로 자동차 터널로 이용하는 곳이 여럿 있어서, 맞은편에서 차가 오면 사이드 미러를 접고 달려야 하지 않을까 하고 아슬아슬해했던 기억이 난다. 치카는 그때 바닷가 절벽 속 터널로 끌려가는 죽은 고래의 눈을 보았을까. 바다를 향해 내달리는 역동적이고 푸른 절벽들은 아름다웠지만, 인적 드문 해안에는 소슬한 파도 소리만 가득했다. 가만히 보고 있으면 수평선이 인간의 땅보다 더 높이 솟은 것만 같은, 바다가 인간을 압도하는 마을이었다.

말은 산을 달려 내려와 발광했다. 그날부터 그녀는 푸른 음식을 먹는다. 여름은 여자들의 눈과 소매를 푸르게 물들이고 마을 광장에서 즐거이 빙빙 돈다.

테라스에 앉은 손님들이 담배를 피워대는 통에 양철 같은 하늘은 귀부인의 둥근 두발 모양 낙서를 한다. 슬픈 기억은 손수건 버리듯 버릴 것이다. 사랑과 회한과 에나멜 구두를 잊을 수만 있다면!

나는 이층에서 뛰어내리지 않아도 되었을 것을.

바다가 하늘에 오른다.

〈푸른 말〉

생애 첫 시다. 당시 모더니즘 시인으로 이름을 알리던 기타조노 가쓰에는 10대 소녀가 들고 온 이 시를 읽고 곧바로 천재성을 알아본다. 기타조노는 자신이 동인으로 활동하던 문예지 《시라카미白紙》에 〈푸른 말〉을 싣고 치카를 동인으로 받아들이는 한편, 문예지에 주목할 만한 여성 시인으로 소개하며 본격적인 젊은 모더니스트 시인의 등장을 예고했다.

마드무와젤 사가와 치카를 아는 사람은 거의 없으리라. 제아무리 진보적인 시인이라 해도 그녀의 진정한 재능을 아는 사람은 손에 꼽는다. 그만큼 그녀는 젊다. 그러나 그녀의 에스프리는 이미 완전한 세련미에 이르렀으며, 낭랑한 하나의 왕국을 이루고 있다.[1]

---

1 기타조노 가쓰에, 〈두 젊은 여성시인二人の若い女詩人〉, 《오늘의 시今日の 詩》, 1931년 4월호, 17쪽.

푸른 절벽 아래 넘실대는 검은 바다 같은 시어의 왕국을 안고, 치카는 한 마리 고삐 풀린 말처럼 명랑하게 갈기를 휘날리며 화려한 도시 도쿄로 달려들었다. 바다로 뛰어든 말의 발길질에 물보라가 튀듯, 이 젊은 여성 시인은 1930년대 일본 시단에 파랑을 일으킨다.

2. 사랑과 광기의 계절

그런데 치카는 어떻게 단숨에 외딴 바닷가 마을에서 도쿄 긴자를 활보하던 남성 시인 무리 속으로 들어올 수 있었을까. 치카에게는 일곱 살 터울의 오빠 노보루가 있었다. 문학을 좋아한 노보루는 오타루 우체국 은행에 근무하면서 사촌 형과 동인지 《아오조라青空》를 만들어 시를 발표했다. 이때 함께한 친구가 훗날 시인이자 소설가로 일본 문단에 한 획을 그은 이토 세이다. 당시 오타루상업고등학교에 다니던 세이는 요이치에서 오타루까지 해안선을 따라 달리는 통학 열차에서 노보루를 처음 만나 시 동인이 된다. 그 한 량짜리 조그만 열차 안에는 오타루고등여학교에 갓 입학한 열두 살의 치카도 타고 있었다. 치카는 오빠와 친구들이 만드는 동인지를 탐독하며 동경 어린 시선으로 그들을 지켜본다. 세상에 이토록 자유롭고 멋진 시가 있다니! 어린 치카는 시적 감수성의 날개를 마음껏 펼친다. 그리고 이토 세이를 향한 마음은 조금씩, 그러나 주체할 수 없이 커져만 갔다. 그것은 성난 바다의 파도만큼이나 쿵쾅대는, 날것의 사랑이었다.

고등학교를 졸업하고 사범부에서 영어교원 자격까지 취득한 열일곱 살의 치카는, 이토 세이가 영어교사를 그만두고 고향을 떠나 도쿄상과대학에 진학한다는 사실을 알게 된다. 사실 이토 세이가 도쿄 행을 결정한 데에는 치카의 오빠 노보루가 도쿄로 전근을 간 이유가 크다.[2] 노보루와 세이는 서로에게 긴밀하고 깊은 우정을 느끼고 있었다.[3] 세이는 노보루가 있는 도쿄로 가야 했고, 치카는 세이가 향하는 도쿄로 가야 했다. 그들은 순수하게, 마음이 이끄는 곳으로 몸을 데려가야 했다. 방향이 조금 어긋나긴 했지만. 그들 사이에는 필시 짓궂

---

2 시마다 류, 〈시인의 탄생-초기 이토 세이 문학과 가와사키 노보루, 사가와 치카 남매詩人の誕生—初期伊藤整文学と川崎昇·左川ちか兄妹〉, 《리쓰메이칸 대학인문과학연구소 기요立命館大学人文科学研究所紀要》 117호(2019).

3 사가와 치카, 시마다 류 편, 〈해설 사가와 치카의 초상解說 左川ちかの肖像〉, 《사가와 치카 전집左川ちか全集》(書肆侃侃房, 2022), 374쪽.

은 에로스가 있었다. 바다를 끼고 달리는 통학 열차 안에서, 자작시를 서로 낭독하고 들어주며 열띤 토론을 하던 때가, 그들 인생에서 가장 아름다운 시간이었다. 서로가 없는 고향은 텅 빈 껍데기일 뿐…… 치카는 세이와 함께 도쿄로 가겠다고 고집을 부리지만 가족의 반대에 부딪힌다. 그러나 물러설 수 없었다. 끈질긴 설득 끝에, 치카는 마침내 도쿄로 향할 수 있었다. 이토 세이가 떠난 지 반년 만이었다.

요이치에서 하코다테까지 나오는 데 하루. 하코다테에서 배를 타고 쓰가루 해협을 건너, 우에노 역까지 다시 꼬박 하루가 걸리는 긴 열차 여행. 하지만 시와 시를 사랑하는 사람들에게 매료된 치카의 마음은 들뜨기만 했다. 오빠 집에 살면서 우체국 은행에서 아르바이트하는 틈틈이 오빠 주변에 모이는 시인들과 교류하고, 이토 세이의 집을 찾아가 번역 지도를 받는다. 치카의 마음을 눈치챈 노보루는 세이에게 여동생과 교제할 것을 제안하지만, 세이는 이를 거절하고 이듬해 돌연 고향에서 데려온 다른 여자와 결혼을 발표하여 가장 친했던 사람들마저 깜짝 놀라게 했다. 이 사실에 가장 큰 충격을 받은 것은 치카였으리라.

곤충이 전류와 같은 속도로 번식했다.

땅거죽에 난 종기를 핥아댔다.

아름다운 옷을 뒤집고, 도시의 밤은 여자처럼 잠들었다.

나는 지금 거죽을 말린다.

비늘 같은 피부가 금속처럼 차갑다.

얼굴 반쪽을 가득 뒤덮은 이 비밀을 아는 사람은 아무도 없다.

밤은, 도둑맞은 표정을 자유로이 돌리는 멍든 여자를 기뻐 날뛰게 한다.

〈곤충〉

이토 세이의 결혼식 즈음하여 발표한 시다. 시인은 진심을 얼굴에 드러낼 수 없었다. 표정을 도둑맞았다는 것은 그런 의미이리라. 어릴 때부터 마음 깊이 사모하던 이에게 거절당했다. 그리고 이제 눈앞에서 그가 다른 여자와 결혼한다. 밤이 내리고, 그녀는 어둠 속에서

야 비로소, 자유롭게 울고 웃을 수 있었다. 어둠이 진실을 숨겨주리라. 치카는 세이 곁을 떠나는 대신 비밀을 안고 살아가는 쪽을 택했다.

노보루와 세이는 도쿄 긴자의 허름한 목조 건물 3층에 문학 잡지 《문예리뷰》 사무실을 연다. 조악한 공간이었지만 꿈이 있는 그들에게는 낙원같았다. 스무 살의 치카는 《문예리뷰》에서 경리와 광고 업무를 맡고 영시를 번역하며 고향에서처럼 그들과 함께했다.[4] 이토 세이의 신혼집을 찾아가 여전히 번역 수업도 받았다. 세이는 치카에게 제임스 조이스의 《체임버 뮤직Chamber Music》(1907) 번역을 제안한다. 치카는 기쁘게 그 일을 받아들인다. 이때 번역한 《실내악室樂》(1932)이 치카가 살아생전에 출간한 유일한 단행본이다.

《문예리뷰》 건물 2층에는 앞서 말한 모더니즘 시인 기타조노 가쓰에가 살고 있었다. 오빠의 소개로 그를 알게 된 치카는 자기가 쓴 시를 가져가 보여주었고, 그렇게 시인으로 데뷔할 수 있는 길이 열린다.

---

4 시마다 류, "사가와 치카를 찾아서左川ちかを探して", 《쇼시칸칸보 웹매거진書肆侃侃房 web侃づめ》, 2022년 6월 5일, https://note.com/kankanbou_e/n/n80d23f03e2a0.

에스프리 누보의 전위적인 시도에 도전하는 당시 최고의 지적 레벨에 다다른 젊은 시인들이 치카 주변에 있었다고 해도, 그런 사람들에게 치카의 시가 환영받지 못했더라면 오늘의 모더니즘 시인 사가와 치카는 없었다. 치카를 낳은 토양과 환경이 어쩌면 그리도 잘 조성되어 있었는지 놀라울 따름이지만, 그런 토양과 환경을 수중에 넣은 것은 치카였다. 그 재능이었다.[5]

시인 다카토 마사코의 말처럼 훌륭히 잘 조성된 토양마저 치카는 자신의 힘으로 수중에 넣었다. 그러나 결코 쉬운 길은 아니었다. 단 한 사람에게 사랑을 받아도 온 인류가 나를 사랑한다고 느낄 때가 있듯, 단 한 사람에게 버림받아도 온 인류가 나를 버렸다고 느낄 때가 있다. 치카는 그런 기분 속에 살고 있었다.

아침의 발코니에서　파도처럼 밀려와

5　다카토 마사코, 〈사가와 치카, 여성 모더니즘 시의 선구左川ちか―女性モダニズム詩の先駆〉, 《나의 여성시인 노트私の女性詩人ノート》(思潮社, 2014), 43쪽.

그 근방에 온통 흘러넘친다

나는 산길에 푹 빠져

숨이 막히고   몇 번이나 앞으로 꼬꾸라질 뻔하였다

눈앞에 보이는 거리는 꿈이 빙글빙글 돌듯이 열리
고 닫힌다

그리하여 그들은 무서운 기세로 무너져 간다

나는 인간에게 버림받았다.

〈초록〉

치카는 무너져 내릴 듯한 우울을 안고 시를 써낸다.
슬픈 기억 따위 손수건 버리듯 던져버리고, 나는 나의
시로써 하늘에 오르리라! 그리고 그에게서, 인간에게서
해방되리라! 그러나 그것이 말처럼 쉬웠을 리가.

흐트러진 머리에, 가슴을 열어젖힌 미친 여자가
서성인다.

흰 언어의 무리가 어둑한 바다 위에서 부서진다.

부서진 아코디언,

하얀 말과, 검은 말이 거품을 일으키며 거칠게 그
위를 달려 나간다.

〈기억의 바다〉

치카는 기억의 바다 속에서, 아무도 모르게, 조용히 미쳐가고 있었는지도 모른다. 그리고 잔인하게도 우리는, 광기 어린 시인이 뿜어내는 예술을 만날 때 비로소 전율하고 만다.

3. 밤을 노래하라

20대 초반의 치카는 이제 어엿한 시인이자 번역가가 되어 긴자 거리를 활보한다. 당시에는 모던 걸, 모던 보이를 줄여서 모가, 모보라고 불렀는데, 치카는 누가 봐도 모가의 선두주자였다. 이즈음부터 직접 디자인한 옷을 입고 다녔다. 검은 벨벳에 마젠타 색 안감을 댄 재킷과 검은 벨벳 스커트를 입고, 넓은 리본이 달린 굽 높은 검정 구두를 신었으며, 풍뎅이 모양 반지를 끼고, 제임스 조이스를 떠올리게 하는 작고 동그란 안경, 검은 베레모를 썼다.[6] 밤을 노래하는 시인다운 풍모였다. 이 시기에 치카는 시의 세계에서도 자기 스타일을 확고하게

---

6 사가와 치카, 시마다 류 편, 〈연보年譜〉,《사가와 치카 전집左川ちか全集》 (書肆侃侃房, 2022), 318쪽.

구축해 갔다.

　　밤의 입이 열린다. 숲과 시계탑을 토해낸다.
　　태양이 일어나 푸른 유리의 길을 달린다.
　　마을은 음악의 파편에 자동차와 스커트에 삭둑삭
둑 잘려 쇼윈도 안으로 달려든다.
　　과일가게는 아침 냄새를 풍긴다.
　　태양은 거기에도 푸른색을 늘려간다.

　　사람들은 하늘에 고리를 던진다.
　　태양을 잡기 위하여.

〈출발〉

　　밤의 입이 열리면 시인은 출발한다. 숲과 시계탑과
함께 시를 토해낸다. 그렇게 시인이 밤의 일과를 마치
면, 낮의 일상을 영위하는 사람들은 부지런히 태양을
잡기 위해 하늘로 고리를 던진다. 그러나 치카는 태양
을 잡는 일에는 관심이 없었다. 낮의 일은 남의 일처럼
멀게만 느껴졌다. 치카는 밤과 달에 관심이 있었다.

　　창백한 황혼이 창문을 기어오른다.

램프가 여자의 목처럼 하늘에 매달려 있다.

거무칙칙한 공기가 방을 가득 채운다——한 장의
담요를 펼친다.

책과 잉크와 녹슨 나이프는 나에게서 조금씩 생
명을 앗아가는 듯하다.

세상 모두가 비웃을 때,

밤은 이미 내 손 안에 있었다.

〈녹슨 나이프〉

죽은 여자의 머리 같은 어둠 속의 램프. (달을 그렇게
표현하다니!) 밤이 내리고, 램프가 켜지면, 시인은 노래
할 준비를 한다. 깊은 밤 속에서 기분 좋게 펜을 든다.
밤의 입이 열리기를, 기도하는 마음으로 기다린다. 예술
가의 마음이다. 창백한 황혼이 창문을 기어오르기 시작
하면, 세상은 시인의 것이 된다. 방 안의 거무칙칙한 공
기. 한 장의 담요. 밤에 존재하는 모든 것이 쓸쓸하고 고
독한 시적 언어다. 세상 모두가 비웃을지라도 매일 밤
공책에 시를 끼적거릴 때, 조금씩 손 안으로 들어오는
만족스러운 밤. 치카는 모든 것을 바쳐 시를 쓰는 예술
가의 삶을 원했고, 불면증은 충분한 보상을 받았다. 밤

을 쓰는 예술가 치카가 남긴 밤에 대한 짤막한 산문 한 편을 전문 수록해 본다. 나의 밤, 어쩌면 당신의 밤과 닮아 있을 것이기에.

　또다시 밤새는 버릇을 들이고 말았습니다. 옆방에서 몰래 오빠의 담배 케이스를 가지고 나와 골든 배트 한 대를 피워 물면 정신이 맑아져 잠이 오지 않습니다. 맛있지도 않은 담배를 멍하니 무는 일이 즐거워졌습니다. 왜 이렇게 밤이 좋아졌을까요. 공기가 끈적하고 눅눅해서 창틀과 문을 내리누르는 것만 같은 기분이 듭니다. 낮 동안 빛나던 것들은 죄 보이지 않고, 대지를 두드리는 소리가 들려옵니다. 분명 밝을 때 났던 수많은 사람들의 발소리와 수다 소리가 은은한 온기를 띤 채 아직 남아 있기 때문이겠지요. 어딘가에서 낮이 꺼져버렸을 뿐인데, 어째서 이렇게 큰 변화가 생겼을까요. 모든 것이 죽어버린 것은 아닐까 싶을 정도로, 무언의 휴식을 이어가고 있습니다. 세상 모든 것은 밤의 어둠 속으로 녹아들고, 나의 귓가에는 바늘로 깁듯이 시간이 흘러갈 뿐입니다. 그 안에 가만히 있으면, 나도 옷을 벗은 것처럼 가벼워져서, 노력도, 평계도, 반항이나 허세도, 어느 틈에 사라지고, 정말로 솔직하고 선량한 인간이 된 것만 같다는 생각이 듭니다. 남들이 아무리 내게 채찍을 휘두른다 해도 용서할 수 있을 것만 같습니다. 누가 울어보라고 한다면 큰 소리로 울 수도 있습니다. 나는 긴 시간 공들여 모아온 돌멩이를 꺼내 놓고는 합니다. 이즈의 섬에서 주워 온 흰 가루가 묻어나는 속돌, 흑요석, 청금석 조각, 잎맥이 살아 있는 화석, 오래전 아이누가 곰을 잡을 때 썼다는 뾰족한 화살 모양 돌 따위를 화장품 통 한가득 모았습니다. 그것들을 기모노 소매 속에서 문지르고 있으면 신기하게도 환한 빛이 납니다. 신비로운 밤이 모두 돌멩이 하나 속에 응축되어 있는 기분이 듭니다.

그리고 또 저는 나뭇잎 색깔이나 어두운 바다나 잠들어 있는 사람을 생각합니다. 세상 가장 무서운 일과 흉악한 일이 벌어지는 것도 거대한 어둠 속이라는 것을 깨닫습니다. 밤의 저편에서 이미 실제로 일어나고 있겠지요. 그리고 그것을 지키고 있는 것은 저 하나입니다.

〈나의 밤〉[7]

---

7 사가와 치카, 〈나의 밤私の夜〉, 《시법詩法》, 1934년 11월호, 4쪽.

나 또한 밤을 새워 이 글을 번역하며 생각한다. 이 세상에 밤이 없다면, 책도 없으리라. 시인에게도 번역가에게도 밤은 축복이다. 마지막으로 문장에 마침표를 찍을 수 있는 시간, 그것은 밤이다. 품속에서 문지르는 돌처럼 문장을 매만지며 곱씹어 볼 수 있는 시간도 밤이다. 개도 나비도 지나가는 바람마저 잠든 밤에만 가능한 일들이 있다.

4. 스스로를 위한 장송곡을 쓰다

사가와 치카의 시를 읽다 보면, 시인이 꼭 자신의 이른 죽음을 예감한 것만 같다. 스스로를 위한 장송곡을 미리 준비해 두는 사람이 있을까마는, 나는 어쩐지 치카가 남긴 시들에서 자신의 죽음을 준비하는 느낌을 받는다.

피아노에서 건반이 다 빠져나갔다
컴컴한 황야에서 나는 기쁨에 젖으리니
벌거벗은 낮의 행진을 방해하는
공중에 드러난 현은 끊어지리라

리드미컬한 물결이 끝나버린 축제를 그리워한다
기도하는 듯한 영혼의 웃음소리가 나뭇가지의
고개를 흔들어
우리의 삶을 후 불어 꺼버린다
그 거인들의 붕괴는 얼마 후 대지에
꽁꽁 언 대리석을 가져다 주었다

〈제비꽃 무덤〉

건반 빠진 피아노처럼 슬픈 물건이 또 있을까. 아무 짝에도 쓸모없는 거인. 축제는 끝나고 허공을 가득 메우던 음악도 끊어졌다. 영혼의 웃음소리는 나뭇가지를 흔들고, 그 바람에 인간의 생명은 힘없는 촛불처럼 꺼져버렸다. 장례식이다. 제비꽃처럼 가녀린 사람의 장례식이다. 무덤 앞의 비석은 이미 꽁꽁 얼어버렸다. 한기가 든다. 컴컴한 황야에서 기쁨에 젖는 사람은 누구인가. 어두운 벌판에 홀로 서서 깔깔대고 웃는다면 사람들은 미쳤다고 하겠지. 하지만 나는 미치지 않았어. 그런 쾌감. 다들 느껴본 적 있지 않을까. 기도도, 영혼의 웃음소리도, 흔들리는 나뭇가지도, 생명을 후 불어 꺼버릴 수 있다. 어처구니없을 만큼 가벼운 생명의 무게에, 나는 남몰래 해방감을 느낀다.

우리의 위층 무도회!!

장난꾸러기 천사들이 뒤엉켜 스텝을 밟는 곳에서
죽음처럼 흰 눈의 파편이 떨어져 내린다.

죽음은 호랑가시나무 잎 사이에 있다. 다락을 조
용히 기어 다닌다. 내 손톱을 갉아댄다. 걱정스러운
듯이. 밤 열두 시——유리가게 앞에서 새하얀 등을
보이며 쓰러진다.

고풍스러운 사랑과 시간은 파묻히고, 지상은 욕
망한다.

〈눈이 내린다〉

세상은 온통 눈 덮인 겨울이다. 치카는 죽음의 무도
회를 연다. 장난꾸러기 천사들이 스텝을 밟으면, 거기서
죽음처럼 흰 눈의 파편이 떨어져 내린다. 모든 생명 운
동이 정지된 듯 보이는 겨울에도 하늘의 천사들은 발랄
하고, 순진하고, 귀엽고, 앙증맞다. 죽음은 조금도 무섭
지 않아. 밝고, 쾌활한, 무도회라고!

봄이 장미를 흩뿌리며

우리들의 꿈 한가운데로 내려온다.

밤이 곰의 새카만 털을

불태워

잔혹하리만치 긴 혀를 내밀고

불꽃은 땅 위를 기어 다닌다.

죽은 듯 보이는 입술 사이에

끼어 있는 노랫소리

──머지않아 천상의 꽃다발이

활짝 피었다.

〈눈을 뜨기 위하여〉

계절은 돌고 돌아, 꽁꽁 얼었던 땅이 녹고 봄은 장미
를 흩뿌리며 꿈의 한가운데로 내려온다. 죽은 줄로만
알았던 겨울의 입술 사이로 졸졸졸 노랫소리가 들려오
면, 생명은 다시금 순환하여 땅에 천상의 꽃다발을 피
운다. 죽음을 노래하는 일은 계절을 노래하는 일을 닮
았다. 죽음은 머물러 있지 않고 순환하며, 겨울에서 봄
으로, 밤에서 낮으로, 끊임없이 이동하는 대자연의 유구
한 움직임의 일부일 뿐이다. 결국 죽음을 노래하는 일

은 생명을 노래하는 일과 이어져 있다. 치카가 노래하는 장송곡은 새로 태어나는 것들을 위한 찬미와 맞닿아 있다. 저 계절을 찬찬히 들여다보라. 그 안에 삶과 죽음이 번갈아 불타오르고 있다. 시인은 이렇게 말하는 듯하다.

　　맑은 날
　　말은 고갯길에서 담배 한 대를 피우고 싶었습니다.
　　한 땀 한 땀 구름을 꿰며
　　휘파람새가 지저귑니다.
　　자기에게 오지 않고, 자기를 떠난 행복처럼
　　슬픈 울림이었습니다.
　　짙은 녹음으로 우거진 산들이 고요히
　　나아가려는 자의 앞길을 막습니다.
　　쓸쓸해진 그는 소리 높여 울었습니다.
　　마른 풀처럼 뻗은 갈기가 타오르고
　　어디선가 같은 외침이 들렸습니다.
　　말은 방금 근처에서, 따뜻한 기운을 느꼈습니다.
　　그리고 먼 세월이 한꺼번에 흩어지는 것을 보았습니다.

〈계절〉

　생애 마지막 시다. 시인은 죽음이 자신의 겨드랑이 속으로 다가왔을 때, 이 시를 썼다. 까마득한 바다에서 미친 듯이 달려 내려오던 말은 이제, 조용히 걸음을 멈추고, 푸른 숲 한가운데 서서, 따뜻한 기운을 감지한다. 그때, 먼 세월이 한꺼번에 흩어지는 것을 본다. 그것은 계절처럼 흘러가는 인생이었다. 1936년 1월 1일 치카는 이 시를 마지막으로 발표하고, 6일 후 죽음이라는 계절로 접어들었다. 이어지는 늦가을, 이토 세이의 편집으로 《사가와 치카 시집》이 출간되어 처음으로 세상의 빛을 보았다.

수록 지면

〈푸른 말青い馬〉,《시라카미白紙》, 1930년 8월호.

〈곤충昆虫〉,《바리에테ヴァリエテ》, 1930년 8월호.

〈1.2.3.4.5〉,《사가와 치카 시집佐川ちか詩集》, 1936년 11월.

〈아침의 빵朝のパン〉,《문예리뷰文藝レビュ―》, 1930년 10월호.

〈오월의 리본五月のリボン〉,《오늘의 문학今日の文學》, 1933년 6월호.

〈초록綠〉,《문예범론文藝汎論]]》, 1932년 10월호.

〈제비꽃 무덤菫の墓〉,《문예범론文藝汎論》, 1934년 12월호.

〈눈을 뜨기 위하여目覚めるために〉,《MADAM BLANCHE》, 1933년 2월호.

〈꽃 피는 드넓은 하늘에花咲ける大空に〉,《MADAM BLANCHE》, 1933년 4월호.

〈봄春〉,《시이노키椎の木》, 1933년 5월호.

〈꽃花〉,《카이에カイエ》, 1934년 7월호.

〈별자리星宿〉,《여인시女人詩》, 1933년 8월호.

〈전주곡前奏曲〉,《시이노키椎の木》, 1934년 10월호.

〈어두운 노래暗い歌〉,《일본시단日本詩壇》, 1934년 7월호.

〈기억의 바다記憶の海〉,《문학文學》, 1932년 3월호.

〈바다의 천사海の天使〉,《단가연구短歌研究》, 1935년 8월호.

〈구름과 같이雲のやうに〉,《시이노키椎の木》, 1933년 1월호.

〈녹색 불꽃綠の焰〉,《신형식新形式》, 1931년 6월호.

〈녹색의 투시綠色の透視〉,《L'ESPRIT NOUVEAU》, 1931년 7월호.

〈The street fair〉,《시이노키椎の木》, 1932년 10월호.

〈The Madhouse〉,《문예범론文藝汎論》, 1932년 10월호.

〈유리의 날개ガラスの翼〉,《오늘의 문학今日の文學》, 1931년 10월호.

〈꿈夢〉,《MADAM BLANCHE》, 1932년 5월호.

〈어두운 여름暗い夏〉,《작가作家》, 1933년 5월호.

〈프롬나드プロムナアド〉,《도케이鬪鷄》, 1934년 2월호.

〈단순한 풍경單純なる風景〉,《시이노키椎の木》, 1933년 5월호.

〈포도의 오점葡萄の汚点〉,《시이노키椎の木》, 1933년 11월호.

〈대화会話〉,《MADAM BLANCHE》, 1934년 3월호.

〈단편断片〉,《시와 시론詩と詩論》, 1931년 12월호.

〈여름의 끝夏のをはり〉,《여인시女人詩》, 1934년 8월호.

〈구름의 형태雲のかたち〉,《MADAM BLANCHE》, 1932년 11월호.

〈Finale〉,《시이노키椎の木》, 1934년 10월호.

〈잠들어 있다眠つてゐる〉,《문학文學》, 1932년 12월호.

〈가을 사진秋の写真〉,《사가와 치카 시집佐川ちか詩集》, 1936년 11월.

〈낙하하는 바다墜ちる海〉,《L'ESPRIT NOUVEAU》, 1931년 6월호.

〈태양의 딸太陽の娘〉,《시법詩法》, 1935년 9월호.

〈죽음의 수염死の髭〉,《오늘의 시今日の詩》, 1931년 9월호.

〈그 밖의 다른 것他の一つのもの〉,《시이노키椎の木》, 1933년 8월호.

〈계절의 모노클季節のモノクル〉,《시라카미 클럽白紙のクラブ》, 1931년 11월호.

〈신비神秘〉,《시이노키椎の木》, 1932년 6월호.

〈종이 울리는 날鐘のなる日〉,《히토데海盤車》, 1932년 12월호.

〈오팔蛋白石〉,《시이노키椎の木》, 1932년 6월호.

〈검은 공기黒い空気〉,《오늘의 시今日の詩》, 1931년 6월호.

〈녹슨 나이프錆びたナイフ〉,《시와 시론詩と詩論》, 1931년 6월호.

〈출발出発〉,《사가와 치카 시집佐川ちか詩集》, 1936년 11월.

〈눈이 내린다雪が降つてゐる〉,《사가와 치카 시집佐川ちか詩集》, 1936년 11월.

〈눈 내리는 날雪の日〉,《문예범론文藝汎論》, 1932년 12월호.

〈산맥山脈〉,《단가연구短歌研究》, 1935년 8월호.

〈겨울의 초상冬の肖像〉,《시이노키椎の木》, 1932년 4월호.

〈겨울 시(일부·합작) 冬の詩(抄·合作)〉,《와카쿠사若草》, 1932년 2월호.

〈옛날 꽃むかしの花〉,《시이노키椎の木》, 1933년 9월호.

〈백과 흑白と黒〉,《MADAM BLANCHE》, 1932년 5월호.

〈매년 흙을 덮어줘每年土をかぶらせてね〉,《오늘의 문학今日の文學》, 1933년 1월호.

〈등背部〉,《히토데海盤車》, 1933년 10월호.

〈눈의 문雪の門〉,《행동行動》, 1933년 12월호.

〈언어言葉〉,《시이노키椎の木》, 1934년 12월호.

〈순환로循環路〉,《시이노키椎の木》, 1932년 1월호.

〈계절季節〉,《히토데海盤車》, 1936년 1월호.